Carmilla

D1424735

ÉTONNANTS・CLASSIQUES

SHERIDAN LE FANU

Carmilla

Traduction de JACQUES PAPY

Présentation, notes et dossier par
MATHIEU MEYRIGNAC,
professeur de lettres

GF Flammarion

Le fantastique
dans la même collection

© Jacques Papy, pour la traduction.
© Éditions Flammarion, 2007, pour cette édition.
ISBN : 978-2-0812-0290-0
ISSN : 1269-8822

SOMMAIRE

Carmilla

▥ Dossier............................ 135

Les histoires effrayantes de Sheridan Le Fanu

Écrivain de nouvelles fantastiques et d'épouvante reconnu dans le monde anglophone, Joseph Sheridan Le Fanu (1814-1873) ne bénéficie pas d'une grande notoriété en France. Si *Carmilla* fait régulièrement l'objet de nouvelles traductions et éditions, certaines œuvres de l'auteur, tenues dans les lettres anglaises pour des sommets du roman gothique, demeurent méconnues sur notre territoire : ainsi en est-il d'*Oncle Silas/ Uncle Silas* (1864), œuvre qui offre un certain nombre de similitudes avec notre récit, ou encore de la nouvelle *Thé vert/ Green Tea* – que l'on retrouve notamment avec *Carmilla* dans le recueil *Les Créatures du miroir/ In a Glass darkly* publié en 1872 et traduit en français par Michel Arnaud en 1967 – jugée comme une œuvre majeure de la littérature policière. Plus encore, la critique universitaire anglophone a souvent placé Sheridan Le Fanu aux côtés des grands noms de la littérature anglaise : Wilkie Collins [1] – avec qui il partage un

---

1. *William Wilkie Collins* (1824-1889) : romancier et dramaturge britannique, il fut l'un des auteurs les plus célèbres de son époque et l'un des principaux rivaux de Charles Dickens. Parmi ses œuvres les plus fameuses : *La Dame en blanc/ The Woman in White* (1860), *Armadale* (1866) et surtout *Pierre de lune/ The Moonstone* (1868). Tout comme Le Fanu, Wilkie Collins écrivait ce que l'époque victorienne nommait des « romans à sensations » (« *sensation novels* »).

goût de l'étrange empruntant au récit fantastique et au roman à énigme –, ou encore ses compatriotes Oscar Wilde[1] et Bram Stoker[2].

C'est en Irlande, et plus précisément à Dublin, que naît Sheridan Le Fanu en 1814. Il est le fils d'un pasteur de l'Église (protestante) d'Irlande et le petit-neveu de Richard Brinsley Sheridan (1751-1816), homme d'État libéral et dramaturge dont la pièce *L'École de la médisance/ The School for Scandal* (1777) est considérée comme l'un des meilleurs exemples de comédie de mœurs anglaise. Les origines lointaines de Sheridan Le Fanu se trouvent en France : peu de temps après la révocation de l'édit de Nantes par Louis XIV, les ancêtres de l'écrivain ont fui la région de Caen qu'ils habitaient[3].

Le jeune Le Fanu effectue ses études de droit à Trinity College, l'université qui forme l'élite nationale. Il s'inscrit au barreau en 1839, mais n'exerce pas le métier d'avocat : il se consacre plutôt au journalisme, participant depuis 1838 au *Dublin University Magazine*. À partir de 1840, il devient propriétaire d'un certain nombre de journaux conservateurs, dont le *Dublin Evening Mail*.

En 1844, il épouse Susan Benett, avec qui il aura trois enfants. Le rôle involontaire qu'elle joue dans son œuvre est capital. Dès le début des années 1850, elle souffre de troubles mentaux ; en 1858, elle meurt dans des circonstances étranges, laissant son époux dans une peine immense. À partir de cette date, Sheridan Le Fanu

---

1. *Oscar Wilde* (1854-1900) : poète, romancier, critique, dramaturge, conférencier ; cet Irlandais est l'auteur d'un roman fantastique célèbre, *Le Portrait de Dorian Gray/ The Picture of Dorian Gray* (1891), fruit d'un probable pari avec le créateur de Sherlock Holmes, Arthur Conan Doyle.
2. *Bram Stoker* (1847-1912) : romancier irlandais qui créa le personnage du comte Dracula (*Dracula*), 1897).
3. En 1685, Louis XIV abroge l'édit de Nantes qui protégeait et reconnaissait, depuis Henri IV (1598), la présence des protestants en France ; cette révocation entraîne la persécution des « huguenots » (ancien nom des protestants français) conduisant nombre d'entre eux à fuir le pays.

se consacre à la littérature et n'écrit plus que des récits fantastiques, devenant le propriétaire du *Dublin University Magazine* en 1861, dans lequel paraît une bonne partie de ses contes. C'est à cette époque qu'il compose ses œuvres les plus célèbres.

Il meurt le 7 février 1873 à Dublin, un an après la parution de *Carmilla*. Les dernières années de sa vie ont été sombres et angoissées, selon le témoignage de son fils Brinsley qui raconte que l'écrivain dormait seulement deux heures par nuit et travaillait le reste du temps allongé sur son lit, dans l'obscurité de sa chambre où brûlaient deux bougies, l'une restant allumée pendant ses courtes périodes de sommeil. Il a mené la vie d'un reclus, obsédé, possédé par son œuvre, mais aussi terrifié par l'idée d'une mort atroce. Et c'est bien l'un des thèmes principaux de ses récits : la mort qui s'immisce dans la vie quotidienne, sous une forme inattendue prenant l'aspect d'une maladie mystérieuse (*Carmilla*), d'un petit singe infernal (*Thé vert* [1]), ou encore de bruits de pas résonnant dans une rue sombre et vide (*Le Familier/ The Familiar* [2]). Rien n'est plus effrayant que ce qui rôde et que la victime n'identifie pas, alors même que le lecteur, lui, comprend rapidement le danger de la situation.

Le Fanu croit à un monde des esprits et des morts vivants, qui serait accessible aux seuls initiés et que personne ne voudrait vraiment reconnaître. Dans *Thé vert*, le docteur Hesselius, créature de papier qui apparaît aussi au début de *Carmilla*, possède un maître dans le monde réel : le philosophe et théologien suédois Emanuel Swedenborg (1688-1772), célèbre pour sa pratique du spiritisme et ses visions mystiques et dont Le Fanu est un grand lecteur. À la fin de sa vie, celui-ci se montre très sensible

---

1. Dans ce texte, le révérend Jennings est victime d'un petit singe qui apparaît en permanence près de lui et qui le regarde avec de terribles yeux rouges et lumineux. L'animal finit par s'adresser au personnage et par le pousser au suicide...
2. « Au bout d'un moment, il entendit soudain d'autres bruits de pas qui se maintenaient, eût-on dit, à distance constante derrière lui », *Le Familier*, trad. Élisabeth Gille, Denoël, 1960, p. 141.

aux théories spirituelles du théologien, notamment à son néoplatonisme [1] qui veut que chaque objet réel ait un double spirituel. Ainsi Le Fanu n'est-il pas seulement un excellent technicien de la *ghost story* (« histoire de fantôme ») : le fantastique et l'épouvante sont également pour lui des moyens d'exprimer la densité spirituelle et effrayante du monde.

Carmilla et le mythe vampirique

Il serait impossible de comprendre le succès du vampire dans les lettres européennes sans tenir compte de sa préexistence dans l'imaginaire populaire. Deux éléments se combinent, qui exercent une grande fascination sur les esprits : le monstre s'abreuve de sang, liquide précieux, substance vitale de l'être (ce qui rapproche le vampire de toute entité dévoratrice comme les succubes ou les lamies [2]) ; c'est un mort laissé sans sépulture (en raison de son immoralité, du reniement de sa foi, etc.), condamné à errer parmi les vivants sans pouvoir trouver la paix. La peur de l'errance éternelle est grande dans l'imaginaire populaire et connaît de nombreuses illustrations, comme le mythe grec de Polynice [3].

---

1. Le *néoplatonisme* est une doctrine philosophique qui s'inspire du philosophe grec Platon (427-348 av. J.-C.) en plaçant sa pensée dans une optique mystique, souvent chrétienne.
2. Dans la démonologie judéo-chrétienne, un *succube* est un démon femelle qui se sert, pour arriver à perdre un homme, de ses attraits de séduction. Dans l'Antiquité grecque, une *lamie* est un démon à tête de femme et à corps de dragon ou de serpent ; son nom dérive de celui de la reine mythologique de Libye, Lamia, l'un des premiers exemples connus de vampire dans les mythologies du bassin méditerranéen.
3. Dans la mythologie grecque, Polynice et son frère Étéocle sont les fils d'Œdipe et les frères d'Antigone. Les deux hommes s'entretuent dans un combat qui a pour enjeu le trône de Thèbes. Polynice, déclaré traître à sa patrie par le nouveau roi

Le vampire est à la fois l'être que la mort refuse pour des raisons religieuses et celui qui, pour vivre, doit se nourrir du sang de ses malheureuses victimes, c'est-à-dire de leur vie même. Par conséquent, il est un démon inférieur – sa puissance est limitée et il est mortel ; selon les croyances populaires d'Europe de l'Est notamment, il peut venir hanter toute une famille (le plus souvent la sienne) ou tout un village.

Le mythe populaire atteint son apogée, particulièrement en terre orthodoxe, autour des XVIᵉ et XVIIᵉ siècles. À cette époque, tout le continent européen est préoccupé par le démon et son influence : à la fin du XVIᵉ siècle, par exemple, le roi Jacques VI d'Écosse, futur Jacques Iᵉʳ d'Angleterre, rédige une *Daemonologie* (1597) et fait tenir de très nombreux procès en sorcellerie[1]. Loin de s'étioler ensuite, le mythe bénéficie d'une triple exposition littéraire qui assure sa pérennité et dont *Carmilla* porte les traces.

C'est du XVIIIᵉ siècle que date la première apparition littéraire du vampire : il s'agit du poème de Heinrich August Ossenfelder, « Le Vampire »/ « Der Vampir », écrit en 1748. À cette époque, en Europe, les Lumières tentent de mettre à mal les superstitions qui fondent les mythes et légendes : à la lanterne de la raison, tous les phénomènes apparemment occultes doivent pouvoir trouver une explication ; ils constituent autant d'éléments à découvrir, expliquer et cataloguer. Mettre un terme à l'obscurantisme, c'est aussi libérer les hommes du pouvoir infondé de ceux qui se disent « initiés » ; et nombreux sont les philosophes à s'en prendre aux religions. En réaction à cet esprit, certains ouvrages se servent des

---

Créon, oncle des deux frères ennemis, se voit interdit de toute sépulture, ce qui condamne son âme à l'errance. Antigone refuse cette décision et la brave ; elle finit emmurée vivante.

1. On peut également faire référence à Erzsébet Báthory (1560-1614), comtesse hongroise qui fut condamnée en 1611 à être emmurée vivante dans son château pour avoir fait tuer de nombreuses jeunes filles et avoir bu leur sang (pensant sans doute ainsi garder la jeunesse éternelle).

mythes populaires comme autant d'arguments contre le règne exclusif de la raison, comme le *Traité sur les apparitions des esprits et sur les vampires, ou les revenants de Hongrie, de Moravie, etc.* écrit par le Français dom Calmet[1] en 1749. Dans son *Dictionnaire philosophique portatif*, Voltaire (1694-1778) accuse Calmet de vouloir asseoir le pouvoir de l'Église sur la crédulité du peuple[2]. De ce point de vue, le XVIIIe siècle est celui du combat de l'occultisme et du rationalisme.

Alors même que cette opposition date de plus d'un siècle lorsque Le Fanu compose son roman, elle est présente dans son récit. Le narrateur extradiégétique (c'est-à-dire celui du récit cadre) place cette nouvelle sous l'autorité d'un homme de science, le docteur Hesselius, créature de papier (p. 31). Ce dernier est un savant ambigu, à la fois rationaliste dans ses méthodes (dans *Thé vert*) et antirationaliste dans ses croyances. Il a pour modèle et maître Swedenborg[3]. Celui-ci, personnage historique, est à la fois un scientifique reconnu (notamment dans le domaine de l'anatomie) et un penseur mystique, concentrant dans sa personne l'une des principales querelles philosophiques du XVIIIe siècle[4]. Plus encore, Carmilla elle-même, alors qu'elle est un être de fiction, essaie d'utiliser la science, et notamment la science des Lumières, pour

---

1. *Antoine Calmet* (1672-1757) : plus connu sous le nom de dom Augustin Calmet, érudit français à l'œuvre prolifique. Ouvrage essentiellement théologique, le *Traité* de Calmet essaie de faire concorder le mythe populaire et le dogme religieux. La traduction anglaise date de 1850 et Le Fanu en prendra connaissance.

2. Voltaire, *Dictionnaire philosophique portatif* (1764), « Vampires ».

3. Rappelons que certains des plus célèbres penseurs « illuministes », dont Swedenborg, écrivent au XVIIIe siècle : s'opposant à la fois aux Églises comme institutions et aux Lumières comme doctrine (ils ne sont pas rationalistes), ils occupent une place bien particulière dans l'histoire des idées. Le principe essentiel de l'illuminisme est une vision spiritualiste du monde qui a parfois poussé ses représentants vers l'occultisme.

4. Les derniers chapitres du roman mettent en scène un autre « savant » : le baron Vordenburg, dont les références bibliographiques se placent davantage dans la tradition occultiste.

se donner une réalité : « Les jeunes filles sont semblables à des chenilles pendant leur existence ici-bas, pour devenir enfin des papillons quand vient l'été. Mais, dans l'intervalle, il y a des larves et des chrysalides, comprends-tu, dont chacune a ses penchants, ses besoins et sa structure. C'est ce que dit Monsieur Buffon dans son gros livre qui se trouve dans la pièce voisine » (p. 71). La référence au naturaliste Buffon[1] n'est pas innocente : de la part de la jeune vampire, c'est une tentative de justifier sa personne hors du cadre de la seule croyance.

La période romantique, ensuite, entretient et développe le mythe du vampire. Rien d'étonnant ici : le romantisme s'inscrit d'une certaine manière contre le rationalisme des Lumières. En Angleterre, dès la fin du XVIIIe siècle, la mode des *Gothic novels*, appelés « romans noirs » ou « romans gothiques » en français, fait une large part au monde des esprits, des monstres et des revenants, et place la notion de mystère (et donc d'irrationnel) plus haut que la raison. Les représentants les plus éminents du genre sont Ann Radcliffe (*Les Mystères d'Udolphe/ The Mysteries of Udolpho*, 1794), Horace Walpole (*Le Château d'Otrante/ The Castle of Otranto*, 1764), Matthew Gregory Lewis (*Le Moine/ The Monk*, 1796) ou, plus tardivement, un autre compatriote de Le Fanu, Charles Robert Maturin (*Melmoth, l'homme errant/ Melmoth the Wanderer*, 1820). Cependant, dans ces romans, le vampirisme n'est pas central et le personnage type du vampire ne sera pas constitué avant le début du XIXe siècle. Dès 1810, John Stagg écrit un poème intitulé « Le Vampire »/ « The Vampyre », et en 1819, John William Polidori (1795-1821), ancien secrétaire et médecin personnel de Lord Byron[2], publie sous le même titre une longue nouvelle qui rencontre un très vif succès et qui, avec le personnage de Lord Ruthven, associe au mythe une dimension aristocra-

---

1. Voir note 2, p. 71.
2. *George Gordon Byron* (1788-1824) : plus connu sous le nom Lord Byron, poète britannique célèbre tant pour ses écrits que pour ses aventures amoureuses et politiques.

tique (de façon ironique, ce protagoniste présente bien des traits de caractère de Lord Byron). Dans les années 1840, c'est le vampire Varney qui, le premier, est décrit comme souffrant psychologiquement de sa condition de monstre [1]. Le succès de ces premiers récits trouve son équivalent dans bien des pays européens : en Allemagne [2], en France [3] ou encore en Russie [4], les textes évoquant les vampires se multiplient et rencontrent un large public.

Ainsi, c'est au fil du XIXe siècle que s'installe et prend forme la figure du vampire héros romantique dépassé par un destin et des « sentiments » qu'il ne contrôle pas, en marge de la société, condamné à l'errance et à l'exclusion, mais également doué d'une puissance hors du commun. De nos jours encore, les personnages d'Anne Rice [5] correspondent à l'archétype né à cette période. Par ailleurs, certains personnages de la littérature romantique, sans être des vampires, ne sont pas sans ressemblances avec le monstre. Que l'on pense, par exemple, aux chevaliers errants tels que Victor Hugo les présente dans *La Légende des siècles* : héros sombres et solitaires, ils éliminent sans aucune pitié toute puissance injuste qui croise leur chemin. S'ils se battent pour la bonne cause, ils ont le même comportement ténébreux et violent qu'un Dracula ou qu'un Varney (qui parfois n'hésite pas, lui non plus, à rendre la

---

1. Le récit anonyme des aventures de ce personnage, *Varney the Vampire, or the Feast of Blood*, attribué à James Malcolm Rymer ou à Thomas Preskett Prest, paraît en opuscules entre 1845 et 1847.
2. On peut penser par exemple au conte *La Vampire/ Vampirismus* écrit en 1828 par E.T.A. Hoffmann (1776-1822).
3. Parmi de nombreuses références, on peut songer à Charles Nodier (1780-1844) et à son mélodrame *Le Vampire* publié en 1820, ou encore à Charles Baudelaire (1821-1867) et à son poème « Le Vampire » (*Les Fleurs du mal*, XXXI, 1857).
4. Citons, entre autres, *La Famille du Vourdalak*, écrit par Alexis C. Tolstoï (1817-1875) en 1847, ou la nouvelle *Vij, roi des gnomes* écrite en 1835 par Nicolas Gogol (1809-1852).
5. *Anne Rice* : écrivaine américaine née en 1941, qui s'est rendue célèbre en écrivant des romans d'épouvante, parmi lesquels de nombreux récits vampiriques. Le plus célèbre d'entre eux reste le premier : *Entretien avec un vampire*, publié en 1976.

justice). Plus encore, Hugo précise qu'ils font peur aux villageois, ceux-là mêmes qu'ils protègent[1]. On peut également songer au Heathcliff des *Hauts de Hurlevent/ Wuthering Heights*[2], jeune homme sans passé et victime de pulsions d'une rare violence, dont la terrible vengeance le soulage et le fait souffrir à la fois.

Dans son récit, Le Fanu s'est beaucoup inspiré des romans gothiques : le cadre est représentatif de l'atmosphère désolée et inquiétante des romans noirs, et le château de Styrie dans lequel vit la narratrice est digne de figurer aux côtés des sombres donjons d'Ann Radcliffe (p. 32). Dès l'abord, tout le décor hérité du Moyen Âge fait signe au lecteur[3] et lui indique qu'il servira une « histoire tragique ». Par ailleurs, Carmilla appartient sans nul doute à l'étrange galerie de portraits des héros romantiques. Impulsive, passionnée, elle se montre également lasse et mélancolique, comme si elle recelait bien plus de secrets que sa belle jeunesse ne laisse supposer, et son caractère changeant, lunatique, est son plus grand mystère : « Ces moments de passion étaient séparés par de longs intervalles de calme, de gaieté, ou de tristesse pensive, au cours desquels j'aurais pu croire parfois ne lui être rien, si je ne l'avais pas vue suivre tous mes mouvements de ses yeux où brûlait une flamme mélancolique » (p. 62-63). Bien plus, elle se décrit à plusieurs reprises comme la première victime

---

1. Victor Hugo, *La Légende des siècles* (1859), V, « Les Chevaliers errants » : « Le peuple en leur présence avait l'inquiétude/ De la foule devant la pâle solitude ;/ Car on a peur de ceux qui marchent en songeant. »

2. *Les Hauts de Hurlevent/ Wuthering Heights* : roman d'Emily Brontë, publié en 1847, qui raconte les terribles déboires de deux familles autour d'un sombre domaine battu par les vents, Wuthering Heights. Le centre de ce récit est la longue vengeance de Heathcliff, frère adoptif de la belle Catherine Earnshaw, avec qui il partage un amour impossible. *Les Hauts de Hurlevent* est un des sommets du roman romantique anglais.

3. Lorsque la narratrice parle du château abandonné de Karnstein, elle annonce, de façon mystérieuse, l'importance que ce lieu va prendre dans la suite de son récit : « Sur la cause de l'abandon de ce lieu impressionnant et mélancolique, une légende court que je vous narrerai une autre fois » (p. 34).

de son sort, comme l'innocent objet d'un destin qui la dépasse et la transcende (p. 79) ; elle fait même référence à son état comme à une terrible maladie (p. 70). En héroïne romantique, Carmilla est donc habitée à la fois par un immense pouvoir et une insondable détresse. Elle exprime cette ambivalence de façon ambiguë à sa jeune et innocente amie : « Ne me juge pas cruelle parce que j'obéis à l'irrésistible loi qui fait ma force et ma faiblesse » (p. 60).

À la fin du XIXe siècle, le symbolisme, par son élégant détachement – bien des héros symbolistes sont des aristocrates détachés du monde – et sa volonté de voir en toutes choses des signes d'une réalité supérieure, finit de constituer le mythe tel que nous le connaissons. Dans ses développements les plus « décadents », il donnera naissance à des personnages dont la pâleur, l'indolence et l'esthétisme sont familiers aux amateurs de vampires : le Des Esseintes d'*À rebours*[1], le duc de Fréneuse ou le comte de Muzarett dans *Monsieur de Phocas*[2], ou encore (de façon souvent ironique) le baron de Charlus[3] de la *Recherche* sont de ces figures fiévreuses et ambiguës qui ont une parenté avec Lord Ruthven. Le lien est parfois explicite : Durtal, héros d'un autre roman de Huysmans, *Là-Bas* (1891), au moment où se déroule l'action, écrit une biographie de Gilles de Rais[4], personnage souvent décrit comme l'un des modèles « historiques » du vampire.

---

1. *À rebours* est un roman écrit par Joris-Karl Huysmans (1848-1907) en 1884, dans lequel le lecteur est spectateur des goûts et dégoûts du personnage principal, Des Esseintes.
2. Personnages du roman de Jean Lorrain (1855-1906), *Monsieur de Phocas*, publié en 1901.
3. Personnage du « cycle » des récits écrits par Marcel Proust (1871-1922), *À la recherche du temps perdu*. Modèle d'aristocrate décadent, Charlus fascine et rebute à la fois le narrateur.
4. Gilles de Rais (1404-1440), maréchal de France, compagnon de Jeanne d'Arc, fut accusé de s'adonner à la magie et à l'alchimie et d'avoir, pour pratiquer ces « arts », tué pas moins de cent quarante enfants. Il fut jugé et exécuté en 1440 après s'être repenti de ses crimes. Il est également à l'origine du mythe de Barbe bleue.

Carmilla est l'un de ces blêmes et nobles personnages qui peuplent les romans de vampire et la littérature décadente. On l'a dit, c'est Polidori qui transforme le vampire en aristocrate excentrique et fascinant, mais Le Fanu insiste sur cette dimension, et en fait un des traits saillants du personnage. Celle qui prétend être la mère de Carmilla est une noble dame : « une dame à la mine et au port majestueux venait de sortir du véhicule et se tenait sur la route » (p. 45). Carmilla elle-même se présente comme l'héritière d'une « très noble et très ancienne famille » (p. 59). Sa lassitude, son apparent détachement, son autorité font d'elle l'égale d'autres personnages féminins qui, s'ils ne sont pas des vampires, sont pourtant bien des monstres[1].

Au tournant du xxe siècle, le vampire devient l'un des monstres les plus souvent mis en scène et se réaffirme comme mythe populaire ; le cinéma s'en saisit très tôt et le dote d'un grand nombre de caractéristiques[2] : notamment la mort qui l'attend quand il est touché par la lumière du jour[3], ou encore la cape noire[4] qu'il revêt. On estime à environ deux cents le nombre de films où apparaît le seul comte Dracula, preuve s'il en fallait une de la prégnance du mythe dans notre civilisation moderne.

Carmilla, bien que moins souvent adapté, a également inspiré les cinéastes comme Carl Dreyer[5] (*Vampyr*, 1932), Roger Vadim[6]

---

1. Voir dossier, p. 149-151.
2. La première adaptation du *Dracula* de Bram Stoker date, en effet, de 1922 sous le titre de *Nosferatu le vampire/ Nosferatu, eine Symphonie des Grauens* ; elle est l'œuvre du réalisateur allemand Friedrich Wilhelm Murnau (1888-1931).
3. C'est justement le *Nosferatu* de Murnau qui fait apparaître cette spécificité.
4. C'est le premier et le plus célèbre des interprètes hollywoodiens du comte Dracula, l'acteur Bela Lugosi (1882-1956), qui l'a popularisée.
5. *Carl Theodor Dreyer* (1889-1968) : réalisateur danois. Son film *Vampyr* est annoncé au générique comme une adaptation de Le Fanu, mais le scénario n'a que de lointains rapports avec *Carmilla*.
6. *Roger Vadim* (1928-2000) : réalisateur français. *Et mourir de plaisir* est considéré comme un des chefs-d'œuvre du film de vampire.

(*Et mourir de plaisir*, 1960) ou les réalisateurs de la firme britannique de cinéma gothique Hammer Horror (*The Vampire Lovers*, 1970 ; *Lust for a Vampire*, 1971 ; *Twins of Evil*, 1972). Le roman de Le Fanu intègre parfaitement cette vision à la fois terrifiante et triste du vampire. Mais il serait injuste de n'en faire qu'un exemple parmi d'autres. À plus d'un titre, *Carmilla* est à l'origine de nombreux éléments constitutifs du mythe et, sur plusieurs points, a influencé son plus célèbre successeur, *Dracula*.

Qui est Carmilla ?

Tout d'abord, Carmilla est une femme. Lecteurs du XXIe siècle, nous sommes familiers des vampires femmes. Mais Le Fanu, s'il n'est pas l'inventeur de cette version du mythe, est celui qui fera de la féminité même de son personnage une composante de son pouvoir : chez Ann Radcliffe ou Mathurin, la femme, souvent jeune, est traditionnellement la victime, l'image de l'innocence menacée par le Mal[1]. Ici, la jeunesse de Carmilla, sa féminité, voire sa langueur toute « féminine » (dans la vision empreinte de misogynie de l'époque), sont autant d'armes que la terrible démone utilise pour mener à bien son projet[2]. Plus encore, dans ce roman, le vampirisme paraît exclusivement féminin : Carmilla ne s'attaque qu'à des femmes ou à des fillettes. Comme le note Gaïd Girard, la première moitié du roman est « une histoire de femmes, où les hommes sont en retrait[3] », un récit qui a également ment pour destinataire, contrairement à ce que prétend le pro-

---

1. On compte, bien sûr, un certain nombre d'exceptions fameuses, comme la terrible Miss Gwilt dans *Armadale* (1866) de Wilkie Collins.
2. Comme le note Gaïd Girard, Carmilla est « faible et dangereuse à la fois », in *Carmilla*, Actes Sud, « Babel », 1996, « Lecture de Gaïd Girard », p. 148.
3. *Ibid.*, p. 146.

logue, une femme[1]. C'est seulement au moment où il s'agit de tuer le vampire que les hommes reprennent le pouvoir, sans pour autant recevoir l'épaisseur psychologique des personnages féminins (si l'on excepte le général Spieldorf). Cette féminité exacerbée donne au personnage vampirique une apparence inoffensive qui lui permet de s'introduire partout (si le général Spieldorf s'est montré plus méfiant que le père de Laura, il n'a pas songé un instant que la belle jeune fille reçue chez lui pouvait représenter le moindre danger, l. 116-120, p. 113).

Ensuite, la beauté de Carmilla est sans doute le meilleur moyen d'attirer la confiance de ses hôtes. En témoignent les discussions de la petite communauté du château à son sujet, après son arrivée rocambolesque et alors qu'elle se repose : « En vérité, elle me plaît énormément. C'est, je crois, la plus jolie créature que j'aie jamais vue. – Elle a à peu près votre âge, et me paraît très douce et très aimable. Elle est d'une merveilleuse beauté, ajouta Mlle De Lafontaine qui venait de jeter un coup d'œil dans la chambre de l'inconnue » (p. 50). On remarque que les commentaires glissent d'une qualité physique (la beauté) à des qualités morales (la douceur et la courtoisie). C'est évidemment le règne de l'apparence que souligne ici Le Fanu, non pas celui de la simple beauté physique mais celui des signes d'appartenance à une catégorie sociale, dont la beauté n'est qu'un aspect – les traits de la jeune femme de noble naissance ne sont pas altérés par la peine d'un travail physique.

La séduction que Carmilla exerce sur la jeune narratrice du récit est particulièrement intense. Elle essaie d'imposer un rapport amoureux, qui constitue une transgression morale d'importance à l'époque. Même si, à la parution du livre, la législation condam-

---

1. « Bien qu'une dame de la ville, comme vous... » (p. 63). Cité par Gaïd Girard, éd. cit., p. 146. Cependant, on peut penser que Le Fanu oublie ici le cadre diégétique et s'adresse au destinataire *réel* de son roman, sa lectrice (jusqu'au xixe siècle, le roman est considéré comme une lecture de femme).

nant les relations homosexuelles ne concerne pas les femmes, cet amour est intolérable pour la société. Or Carmilla ne laisse aucun doute sur ses intentions : « Tu es mienne, tu seras mienne, et toi et moi nous ne ferons qu'une à jamais ! » (p. 62). Bien plus, le lecteur s'étonne de la naïveté de la jeune narratrice qui semble ne pas comprendre les intentions de son amie. Comme le note Gaïd Girard, ces instants de « conscience amoindrie », où la jeune femme n'ose pas imaginer l'amour que Carmilla lui porte, « donnent l'impression désagréable au lecteur que Laura frise l'idiotie[1] ». Quand la jeune femme semble vouloir percer le mystère de Carmilla, on peut s'interroger sur le secret qu'elle souhaite lever : celui de la vie passée de Carmilla ? celui de sa vraie nature ? ou bien celui de ses attirances amoureuses ? Plus encore, Laura, innocemment – mais l'aveu n'est pas innocent sous la plume de Le Fanu –, laisse transparaître son propre désir envers Carmilla : « Or, à vrai dire, cette belle inconnue m'inspirait un sentiment inexplicable. J'étais effectivement, selon ses propres termes, "attirée vers elle", mais j'éprouvais aussi une certaine répulsion à son égard » (p. 56). Si à aucun moment Laura ne se doute de la nature vampirique de son amie (malgré de nombreux indices, comme l'épisode du portrait, p. 72), elle est troublée par ses violentes déclarations d'amour.

Ici réside l'une des principales innovations de Le Fanu, souvent reprise par la suite : la fascination sexuelle qu'exerce le vampire[2]. Après *Carmilla*, un lien unit vampirisme et sexualité, qui intègre le mythe. Cela s'explique, en partie, par la « personnalité » du vampire, dont la nature presque humaine est mêlée d'animalité[3]

---

1. Gaïd Girard, *Carmilla*, éd. cit., p. 150-151.
2. Dans *Dracula*, Bram Stoker évoque la sexualité à plusieurs reprises : le comte Dracula, lui aussi, choisit ses victimes selon ses goûts amoureux. Jonathan Harker, jeune notaire anglais venu en Transylvanie lui rendre visite, s'en aperçoit bientôt : il rencontre les « épouses » vampiriques de Dracula qui s'en prennent à lui de façon érotique (et provoquent d'ailleurs la colère du comte).
3. Le Fanu évoque cette double nature de façon symbolique : lorsque la voiture de Carmilla essuie son terrible accident, personne, à l'exception de Mlle De Lafontaine,

– il est travaillé par des pulsions auxquelles il ne peut résister. Le vampire est un être de désirs. Plus encore, il n'est *que* désir et toutes ses actions ont pour but unique sa totale satisfaction. Carmilla n'échappe pas à la règle et il est possible de voir dans son mutisme sur ses origines, au-delà d'une donnée stratégique, l'expression de cette nature exclusivement désirante : si elle n'a ni passé, ni véritable identité, c'est qu'elle est uniquement désir de vampirisme sur la personne de la narratrice. Chacun de ses séjours auprès de belles jeunes filles n'a qu'un but – se nourrir d'elles –, et ne peut avoir pour conséquence que leur mort.

On peut rapprocher Carmilla du mythe de Dom Juan : sincère dans ses déclarations, elle n'en est pas moins obligée de changer d'objet d'amour dès que l'un d'eux « cède » à sa séduction mortelle. L'appartenance sociale du vampire à l'aristocratie s'explique aussi en partie de cette façon : l'aristocrate, du fait de son statut supérieur, peut, sur terre, réaliser tous ses désirs, à partir du moment où il respecte un certain nombre de règles qu'impose sa caste ; il est un être libre, y compris de faire le mal. Or, comme l'explique Sganarelle dans le *Dom Juan* de Molière, « un grand seigneur méchant homme est une terrible chose[1] ».

Ainsi Carmilla se révèle-t-elle bien plus qu'un monstre de roman dont on apprend en tremblant le sombre destin ; elle est la représentation effrayante et moralisatrice du désir humain sans frein, l'incarnation de la *pulsion*, que la société victorienne, à laquelle appartient Le Fanu, juge intrinsèquement mauvaise.

----

ne remarque, un bien étrange personnage caché à l'intérieur : « Une hideuse Négresse, coiffée d'un turban de couleur, qui n'avait pas cessé de contempler la scène en adressant aux deux voyageuses des signes de tête et des grimaces moqueuses, roulant les grosses prunelles blanches de ses yeux étincelants, et serrant les dents comme sous l'empire d'une furieuse colère » (p. 50-51). Sous l'apparence du raffinement (la voiture) se cache la folie, la violence et la mort.
1. Molière, *Dom Juan* (1665), acte I, scène 1.

CHRONOLOGIE

1814 1873
1814 1873

■ Repères historiques et culturels

■ Vie et œuvre de l'auteur

Repères historiques et culturels

1746   Dom Augustin Calmet, *Traité sur les apparitions des esprits et sur les vampires, ou les revenants de Hongrie, de Moravie, etc.* (France)

1764   Voltaire, *Dictionnaire philosophique portatif.* (France)
Horace Walpole, *Le Château d'Otrante.* (Angleterre)

1794   Ann Radcliffe, *Les Mystères d'Udolphe.* (Angleterre)

1796   Matthew Gregory Lewis, *Le Moine.* (Angleterre)

1810   Poème de John Stagg, «Le Vampire». (Angleterre)

1819   John William Polidori, *Le Vampire.* (Angleterre)

1820   Représentation en France du drame *Le Vampire* de Charles Nodier.
Charles Robert Maturin, *Melmoth, l'homme errant.* (Irlande)

1820–1830   Règne de Georges IV, en Irlande et en Grande-Bretagne.

1828   E.T.A. Hoffmann, *La Vampire.* (Allemagne)

1829   13 avril : l'acte d'émancipation des catholiques en Irlande est adopté au Parlement grâce à l'action de Daniel O'Connell.

1830–1838   Règne de Guillaume IV, en Irlande et en Grande-Bretagne.

1835   Nicolas Gogol, *Vij, roi des gnomes.* (Russie)

1838   Accession de Victoria au trône de Grande-Bretagne et d'Irlande.

Vie et œuvre de l'auteur

1814   28 août : naissance de Joseph Sheridan Le Fanu, fils de
Thomas Philip Le Fanu, pasteur de l'Église (protestante)
d'Irlande, et d'Emma Lucretia Dobbin Le Fanu.

1833   Le Fanu entre à Trinity College.

1838   Première nouvelle publiée dans le *Dublin University
Magazine*.

1839   Le Fanu s'inscrit au barreau de Dublin.
Première *ghost story* : *Strange Event in the Life of Schalken the
Painter* (traduite en français sous le titre *Schlaken le Peintre*,
en 1997).

Repères historiques et culturels

1845–1847   Publication en Angleterre, sous forme d'opuscules, des aventures anonymes du vampire Varney.

1846–1848   En Irlande, une maladie de la pomme de terre (base de l'alimentation à l'époque) provoque une terrible famine (la grande famine : *An Gorta Mór*, en langue gaélique) qui tue près du tiers de la population et provoque l'émigration d'une grande partie des familles du pays, notamment vers les États-Unis.

1847   Fondation de la Confédération irlandaise, mouvement nationaliste.
Alexis Tolstoï, *La Famille du Vourdalak*. (Russie)
Emily Brontë, *Les Hauts de Hurlevent*. (Angleterre)

1857   Charles Baudelaire, *Les Fleurs du Mal* ; l'un des poèmes du recueil s'intitule «Le Vampire» (XXXI). (France)

1866   Wilkie Collins, *Armadale*. (Angleterre)

1891   Oscar Wilde, *Le Portrait de Dorian Gray*. (Irlande)
Joris-Karl Huysmans, *Là-Bas*. (France)

1897   Bram Stoker, *Dracula*. (Irlande)

Vie et œuvre de l'auteur

1844   Mariage avec Susan Benett.

1847   Le Fanu soutient John Mitchell et Thomas Meagher dans leur
campagne contre l'indifférence de Londres face à la grande
famine irlandaise.
Publication de *Torlogh O'Brien*, roman historique dont
l'Irlande est le décor.

1850   Déménagement à Merrion Square, où Le Fanu finira
ses jours.

1851   Publication du premier recueil « fantastique » de Le Fanu (dont
une version révisée de *Schalken*) : *Ghost Stories and Tales of
Mystery*.

1858   Mort de Susan. Le Fanu mène une vie de reclus.

1861   Le Fanu devient le propriétaire et le rédacteur en chef du
Dublin University Magazine.

1864   Publication d'*Oncle Silas*.

1871   Première parution de *Carmilla*.

1872   Publication des *Créatures du miroir*, recueil dont fait partie
Carmilla.

1873   7 février : décès dans la maison de Merrion Square, à Dublin.

Carmilla

Prologue

Sur un feuillet joint au récit que l'on va lire, le docteur Hesselius[1] a rédigé une note assez détaillée, accompagnée d'une référence à son Essai *sur l'étrange sujet que le Manuscrit éclaire d'une vive lumière.*

5   *Ce mystérieux sujet, il le traite, dans cet* Essai, *avec son érudition et sa finesse coutumières, une netteté et une condensation de pensée vraiment remarquables. Ledit* Essai *ne formera qu'un seul tome des œuvres complètes de cet homme extraordinaire.*

    Comme, dans le présent volume, je publie le compte rendu de l'af-
10 *faire dans le seul but d'intéresser les profanes[2], je ne veux prévenir en rien[3] l'intelligente femme qui la raconte. C'est pourquoi, après mûre réflexion, j'ai décidé de m'abstenir de présenter au lecteur un précis de l'argumentation du savant docteur, ou un extrait de son exposé sur un sujet dont il affirme qu'il «touche, très vraisemblable-*

---

1. Le docteur Hesselius est un personnage créé par Le Fanu, adepte des théories de Swedenborg (voir présentation, p. 12). «Médecin théosophe», il apparaît également dans d'autres nouvelles du recueil *Les Créatures du miroir* (1872) ; il a rassemblé ses souvenirs dans un recueil où figure l'histoire de Carmilla.
2. *Profanes* : ceux qui ne sont pas spécialistes du domaine abordé (ici, sans doute, la démonologie).
3. *Je ne veux prévenir en rien* : je ne veux pas devancer.

15 *ment, aux plus secrets arcanes* [1] *de la dualité de notre existence et*
de ses intermédiaires ».

   Après avoir trouvé cette note, j'éprouvai le vif désir de renouer
la correspondance entamée, il y a bien des années, par le docteur
Hesselius avec la personne qui lui a fourni ses renseignements, et
20 *qui semble avoir possédé une intelligence et une circonspection* [2]
peu communes. Mais, à mon grand regret, je découvris qu'elle était
morte entre-temps.

   Selon toute probabilité, elle n'aurait pu ajouter grand-chose au
récit qu'elle nous communique dans les pages suivantes, avec, dans
25 *la mesure où je puis en juger, tant de consciencieuse minutie* [3].

I
Frayeur d'enfant

   En Styrie [4], bien que nous ne comptions nullement parmi les
grands de ce monde, nous habitons un château ou schloss. Dans
cette contrée, un revenu modeste permet de vivre largement :
huit ou neuf cents livres par an font merveille. Le nôtre eût été
5 bien maigre si nous avions dû vivre au milieu des familles riches
de notre patrie (mon père est anglais, et je porte un nom anglais
bien que je n'aie jamais vu l'Angleterre). Mais ici, dans ce pays
solitaire et primitif, où tout est si étonnamment bon marché, je
ne vois pas comment un revenu beaucoup plus important ajou-
10 terait quoi que ce soit à notre bien-être matériel, voire à notre
luxe.

---

1. Arcanes : mystères.

2. Circonspection : bon sens, capacité à reconnaître le vrai du faux.

3. Minutie : soin extrême.

4. Styrie : région du sud-est de l'Autriche et du nord de la Slovénie actuelles,
particulièrement retirée au XIXᵉ siècle. C'est dans cette zone géographique que
le mythe littéraire du vampire trouve ses sources (sud de l'Europe orientale).

Mon père, officier dans l'armée autrichienne, prit sa retraite pour vivre d'une pension d'État et de son patrimoine. Il acheta alors, pour une bouchée de pain, cette demeure féodale[1] ainsi que le petit domaine où elle est bâtie.

Rien ne saurait être plus pittoresque[2] et plus solitaire. Elle se trouve sur une légère éminence[3], au cœur d'une forêt. La route, très vieille et très étroite, passe devant son pont-levis (que j'ai toujours vu baissé) et ses douves abondamment pourvues de perches, où voguent de nombreux cygnes parmi de blanches flottilles[4] de nénuphars.

Au-dessus de tout ceci, le schloss dresse sa façade aux multiples fenêtres, ses tours, sa chapelle gothique[5].

Devant l'entrée, la forêt s'ouvre pour former une clairière pittoresque, de forme irrégulière ; à droite, un pont gothique en pente raide permet à la route de franchir un cours d'eau dont les méandres s'enfoncent dans l'ombre dense des arbres.

J'ai dit que ce lieu était très solitaire. Jugez un peu combien cela est vrai. Lorsqu'on regarde depuis la porte de la grand-salle en direction de la route, la forêt s'étend sur quinze milles[6] à droite et sur douze milles à gauche. Le plus proche village habité se trouve à environ sept milles anglais vers la gauche. Le plus proche schloss habité auquel se rattachent des souvenirs

---

1. Demeure féodale : ici, la résidence du seigneur local. Mais il faut également noter la connotation moyenâgeuse du terme.
2. Pittoresque : littéralement, «qui mérite d'être peint» ; qui attire l'attention. Ici, synonyme de lugubre.
3. Éminence : butte, tertre.
4. Flottilles : ici, groupes de nénuphars flottant les uns près des autres.
5. Gothique : généralement, qui date de l'époque gothique (XIIe et XIIIe siècles) ; à l'époque romantique (début du XIXe siècle), dont Le Fanu est l'héritier, on qualifie de «gothique» tout ce qui date du Moyen Âge ou qui veut affecter un style médiéval (voir présentation, p. 13-16).
6. Le **mille** est une unité de distance aujourd'hui encore utilisée au Royaume-Uni et dans de nombreux pays ayant connu l'influence anglaise ; un mille mesure environ 1 609 mètres.

historiques est celui du général Spielsdorf, à quelque vingt milles
35 vers la droite.

J'ai dit : «le plus proche village *habité*». En effet, à moins de
trois milles vers l'ouest, dans la direction du schloss du général
Spielsdorf, il y a un village abandonné. Sa charmante petite église,
aujourd'hui à ciel ouvert, renferme dans ses bas-côtés les tombeaux
40 croulants de l'altière[1] famille des Karnstein, aujourd'hui éteinte,
jadis propriétaire du château, désert lui aussi, qui, au cœur de
l'épaisse forêt, domine les ruines silencieuses de l'agglomération.

Sur la cause de l'abandon de ce lieu impressionnant et mélancolique, une légende court que je vous narrerai une autre fois.

45 Pour l'instant, je dois vous dire combien les habitants de notre
logis sont peu nombreux. (Je passe sous silence les domestiques
et les divers employés qui occupent des chambres dans les bâti-
ments rattachés au château.) Écoutez bien, et émerveillez-vous !
Il y a d'abord mon père, le meilleur homme du monde, mais
50 qui commence à se faire vieux, et moi-même qui n'ai que dix-
neuf ans au moment de mon histoire (huit ans se sont écoulés
depuis lors). Mon père et moi formions toute la famille. Ma mère,
une Styrienne, était morte au cours de ma petite enfance ; mais
j'avais une gouvernante au grand cœur, dont je peux dire qu'elle
55 se trouvait auprès de moi depuis mon tout jeune âge. Je ne saurais
évoquer une période de mon existence où son large visage bienveillant ne soit pas une image familière dans ma mémoire. C'était
Mme Perrodon, originaire de Berne[2], dont les soins attentifs et
l'infinie bonté réparèrent pour moi, dans une certaine mesure,
60 la perte de ma mère que je ne me rappelle en aucune façon,
tant j'étais jeune au moment de sa mort. Cette excellente femme
était la troisième personne du petit groupe réuni autour de notre
table à l'heure des repas. Il y en avait encore une quatrième :
Mlle De Lafontaine, qui remplissait les fonctions de précep-

---

1. *Altière* : aristocratique et orgueilleuse.
2. *Berne* : ville du centre de la Suisse.

65 trice [1]. Elle parlait le français et l'allemand ; Mme Perrodon, le français et un mauvais anglais ; mon père et moi, l'anglais que nous employions tous les jours, en partie pour nous empêcher de l'oublier, en partie pour des motifs patriotiques. Il en résultait un langage digne de la tour de Babel, dont les personnes étrangères
70 au château avaient coutume de rire et que je ne perdrai pas mon temps à essayer de reproduire dans ce récit. Enfin, deux ou trois jeunes filles de mes amies, à peu près de mon âge, venaient faire parfois des séjours plus ou moins longs chez nous, et je leur rendais leurs visites.

75 Telles étaient nos ressources sociales habituelles ; mais, naturellement, il nous arrivait de recevoir la visite inopinée [2] de quelque «voisin», résidant à cinq ou six lieues [3] de distance seulement. Malgré tout, je puis vous l'affirmer, je menais une existence assez solitaire.

80 Mes deux gouvernantes avaient sur moi la seule autorité dont pouvaient user deux personnes aussi sages à l'égard d'une enfant plutôt gâtée, orpheline de sa mère, et dont le père lui laissait faire à peu près tout ce qu'elle voulait en toute chose.

Le premier incident de mon existence, qui produisit une terrible
85 impression sur mon esprit et qui, en fait, ne s'est jamais effacé de ma mémoire, compte au nombre de mes souvenirs les plus lointains. (D'aucuns [4] le jugeront trop insignifiant pour mériter de figurer dans ce récit ; mais vous verrez par la suite pourquoi j'en fais mention.) La chambre des enfants (comme on l'appelait, bien que
90 j'en fusse la seule occupante) était une grande pièce au plafond de chêne en pente raide, située au dernier étage du château. Une nuit, alors que j'avais à peine six ans, je m'éveillai soudain, et, après

---

1. *Préceptrice* : personne chargée de l'éducation, de l'instruction d'un enfant qui ne fréquente pas d'établissement scolaire.
2. *Inopinée* : inattendue.
3. La *lieue* est une ancienne mesure de distance qui valait environ 4 kilomètres.
4. *D'aucuns* : certains, plusieurs.

avoir regardé autour de moi, je ne vis pas ma bonne dans la chambre. Comme ma nourrice ne s'y trouvait pas non plus, je me crus
95 seule. Je n'eus pas peur le moins du monde, car j'étais un de ces enfants heureux que l'on s'applique à garder dans l'ignorance des histoires de fantômes, des contes de fées, et de toutes ces légendes traditionnelles qui nous font cacher notre tête sous les couvertures quand la porte craque brusquement ou quand la dernière clarté
100 d'une chandelle expirante fait danser plus près de notre visage l'ombre d'une colonne de lit [1] sur le mur. Contrariée et offensée de me retrouver négligée de la sorte (car tel était mon sentiment), je commençai à geindre [2], en attendant de me mettre à hurler de bon cœur ; mais, à ce moment précis, je fus tout étonnée de voir un très
105 beau visage à l'expression solennelle [3] en train de me regarder d'un côté du lit. C'était celui d'une jeune fille agenouillée, les mains sous mon couvre-pied. Je la contemplai avec un émerveillement ravi, et cessai de pleurnicher. Elle me caressa de ses mains, puis s'étendit à côté de moi et m'attira contre elle en souriant. Aussitôt, j'éprou-
110 vai un calme délicieux et je me rendormis. Je fus réveillée par la sensation de deux aiguilles qui s'enfonçaient profondément dans ma gorge, et je poussai un cri perçant. La jeune fille s'écarta d'un mouvement brusque, les yeux fixés sur moi, puis se laissa glisser sur le parquet, et, à ce qu'il me sembla, se cacha sous le lit.

115 Alors, ayant vraiment peur pour la première fois, je me mis à hurler de toutes mes forces. Nourrice, bonne et femme de charge [4] entrèrent en courant. Après avoir entendu mon histoire, elles feignirent [5] d'en faire peu de cas, tout en s'efforçant de me calmer par tous les moyens. Mais, malgré mon jeune âge, je discernai une
120 expression d'anxiété inhabituelle sur leur visage blême, et je les

---

1. *Colonne de lit* : colonne qui soutient le plafond d'un lit à baldaquin.

2. *Geindre* : faire entendre de faibles plaintes.

3. *Solennelle* : grave, sérieuse.

4. *Femme de charge* : domestique chargée de la surveillance d'une maison, du linge.

5. *Feignirent* : firent semblant (de *feindre*).

vis regarder sous le lit, inspecter la chambre, jeter des coups d'œil sous les tables et ouvrir les armoires. Après quoi, la femme de charge murmura à l'oreille de la bonne : « Passez votre main dans ce creux sur le lit ; quelqu'un s'est bel et bien couché là, aussi vrai
125 que vous avez omis de le faire : l'endroit est encore tiède. »

Je me rappelle que la bonne me cajola tendrement ; après quoi, les trois femmes examinèrent ma gorge à l'endroit où j'affirmais avoir senti les piqûres, et elles déclarèrent qu'il n'y avait pas le moindre signe visible que pareille chose me fût arrivée.

130 Elles restèrent auprès de moi pendant toute la nuit ; et, désormais, une servante me veilla dans la chambre jusqu'à ce que j'eusse atteint mes quatorze ans.

À la suite de cet incident, je restai pendant longtemps très nerveuse. On fit venir un médecin, qui était un homme d'âge mûr.
135 Avec quelle netteté je me rappelle son visage long et blême, à l'air sombre, légèrement marqué par la petite vérole[1], et sa perruque brune ! Pendant plusieurs semaines, il vint au château un jour sur deux et me fit prendre des remèdes, ce qui, naturellement, me parut détestable.

140 Le matin qui suivit la nuit où je vis cette apparition, je fus en proie à une telle terreur que, bien qu'il fît grand jour, je ne pus supporter de rester seule un instant.

Je me rappelle que mon père monta dans ma chambre, se posta à mon chevet et se mit à bavarder gaiement. Il posa plu-
145 sieurs questions à la nourrice dont une des réponses le fit rire de bon cœur. Enfin, il me tapota l'épaule, m'embrassa, et me dit de ne plus avoir peur : tout cela n'était qu'un rêve dont il ne pouvait résulter aucun mal pour moi.

Néanmoins, ses paroles ne m'apportèrent aucun réconfort,
150 car je savais bien que la visite de cette femme inconnue n'était pas un rêve ; et j'avais terriblement peur.

---

1. *Petite vérole* : ancien nom de la variole, grave maladie éruptive aujourd'hui disparue, qui laissait des cicatrices.

La bonne me consola un peu en m'assurant que c'était elle qui était venue me voir et s'était couchée dans le lit à côté de moi ; j'avais dû rêver à moitié, puisque je n'avais pas reconnu son
155 visage. Mais cette déclaration, pourtant confirmée par la nourrice, ne me satisfit pas entièrement.

Je me rappelle encore, au cours de cette journée, qu'un vénérable vieillard en soutane noire entra dans ma chambre avec la bonne, la nourrice et la femme de charge. Il leur adressa quelques
160 mots, puis me parla d'un ton bienveillant. Il avait un visage très bon, très doux, et il me dit qu'ils allaient prier tous les quatre. Ensuite, m'ayant fait joindre les mains, il me demanda de prononcer doucement, pendant leur oraison [1], la phrase suivante : «Seigneur, entends toutes les prières en notre faveur, pour l'amour
165 de Jésus.» Je crois que ce sont bien les mots exacts, car je me les suis répétés souvent, et, pendant des années, ma nourrice me les a fait dire au cours de mes prières.

Je garde un souvenir très net du doux visage pensif de ce vieillard aux cheveux blancs, en soutane noire, debout dans cette
170 chambre spacieuse, de couleur marron, garnie de meubles grossiers datant de trois siècles, dont la sombre atmosphère était à peine éclairée par la faible lumière que laissait pénétrer la fenêtre treillissée [2]. Il se mit à genoux, les trois femmes l'imitèrent ; puis il pria tout haut, d'une voix tremblante et pleine d'ardeur, pendant
175 fort longtemps, à ce qu'il me sembla.

J'ai oublié toute la partie de mon existence antérieure à cet événement, et la période qui le suivit immédiatement n'est pas moins obscure ; mais les scènes que je viens de décrire sont aussi nettes dans ma mémoire que les images isolées d'une fantasma-
180 gorie [3] entourée de ténèbres.

---

1. *Oraison* : prière.
2. *Treillissée* : grillagée.
3. *Fantasmagorie* : ici, rêve.

II
Une invitée

Je vais maintenant vous narrer une chose si étrange qu'il vous faudra faire appel à toute votre confiance en ma véracité[1] pour ajouter foi à[2] mon histoire. Cependant, non seulement elle est vraie, mais encore elle relate des faits dont je fus le témoin oculaire.

Par une douce soirée d'été, mon père m'invita, comme il le faisait parfois, à me promener avec lui dans cette superbe clairière qui, je l'ai déjà dit, s'étendait devant le château.

«Le général Spielsdorf ne peut pas venir aussi tôt qu'il l'avait espéré», me déclara-t-il pendant que nous poursuivions notre marche.

Le général s'était proposé de passer quelques semaines chez nous, et nous avions attendu son arrivée pour le lendemain. Il devait emmener avec lui une jeune fille, sa pupille[3] et nièce, Mlle Rheinfeldt. Je n'avais jamais vu cette dernière, mais j'avais souvent entendu dire qu'elle était absolument charmante, et je m'étais promis de passer en sa compagnie bien des jours heureux. Par suite, je fus beaucoup plus déçue que ne saurait l'imaginer une jeune fille résidant à la ville ou dans un lieu très animé. Cette visite et la nouvelle relation qu'elle devait me procurer avaient nourri mes rêveries pendant plusieurs semaines.

«Quand donc viendra-t-il? demandai-je.

– Pas avant l'automne. Sûrement pas avant deux mois. Et je suis maintenant très heureux, ma chérie, que tu n'aies jamais connu Mlle Rheinfeldt.

– Pourquoi cela? dis-je, à la fois curieuse et mortifiée[4].

---

1. *Véracité* : ici, honnêteté.
2. *Ajouter foi à* : croire à.
3. *Sa pupille* : l'enfant orpheline dont il s'est occupé.
4. *Mortifiée* : blessée; déçue et vexée.

– Parce que la pauvre enfant est morte. J'avais complètement oublié que je ne t'en avais pas informée ; mais tu n'étais pas dans la salle, ce soir, quand j'ai reçu la lettre du général.»

30 Cette nouvelle me bouleversa. Le général Spielsdorf avait mentionné dans sa première missive, six ou sept semaines auparavant, que sa nièce n'était pas en aussi bonne santé qu'il l'eût souhaité, mais rien ne suggérait le moindre soupçon de danger.

«Voici la lettre du général, poursuivit mon père en me tendant
35 un feuillet de papier. Je crains qu'il ne soit en proie à une profonde affliction [1]. Il me semble qu'il a tracé ces lignes dans un accès de quasi-démence.»

Nous nous assîmes sur un banc grossier, sous un bouquet de tilleuls magnifiques. Le soleil, dans toute sa mélancolique splen-
40 deur, déclinait à l'horizon sylvestre [2] ; la rivière qui coule à côté de notre château et passe sous le vieux pont dont j'ai parlé sinuait [3] entre plusieurs groupes de nobles arbres, presque à nos pieds, reflétant sur ses eaux la pourpre [4] évanescente [5] du ciel. La lettre du général Spielsdorf était si extraordinaire, si véhémente, et, par
45 endroits, si pleine de contradictions, que, l'ayant lue deux fois (et la deuxième à voix haute), je fus contrainte de supposer, pour en expliquer le contenu, que le désespoir avait troublé la raison de son auteur.

En voici la teneur :

50 J'ai perdu ma fille chérie, car, en vérité, je l'aimais comme ma propre fille. Pendant les derniers jours de la maladie de Bertha, j'ai été incapable de vous écrire. Jusqu'alors je n'avais pas la moindre idée qu'elle fût en danger. Je l'ai perdue ; et voilà maintenant que j'apprends tout – trop tard.

---

1. *Affliction* : désespoir.
2. *Horizon sylvestre* : horizon que dessine un paysage de forêt (du latin *silva*, «forêt»).
3. *Sinuait* : serpentait.
4. *Pourpre* : teinte rouge sombre. Ici, couleur du coucher de soleil.
5. *Évanescente* : fugitive, qui s'évanouit.

55   Elle est morte dans la paix de l'innocence, dans l'éblouis-
sant espoir d'une bienheureuse vie future. Sa mort est l'œuvre
du démon qui a trahi notre folle hospitalité. Je croyais recevoir
dans ma maison l'innocence et la gaieté en la personne d'une
charmante compagne pour ma Bertha disparue. Ciel ! quel imbé-
60   cile j'ai été !

Je remercie Dieu que cette enfant soit morte sans soupçonner
la cause de ses souffrances. Elle a passé sans même conjecturer[1]
la nature de son mal et la passion maudite de l'auteur de toute
cette misère. Je consacrerai le reste de mes jours à retrouver puis
65   à exterminer un monstre. On m'a dit que je pouvais espérer
accomplir mon équitable et miséricordieux dessein. Pour l'instant,
je n'ai qu'une très faible lueur pour me guider. Je maudis ma
vaniteuse[2] incrédulité, ma méprisable affectation de supériorité,
mon aveuglement, mon obstination ; mais tout cela – trop tard.
70   Je ne puis écrire ou parler de sang-froid à l'heure actuelle. Dès
que j'aurai un peu retrouvé mes esprits, j'ai l'intention de me
consacrer pendant un certain temps à une enquête qui me
conduira peut-être jusqu'à Vienne. Au cours de l'automne, dans
deux mois d'ici, ou même plus tôt, si Dieu me prête vie, j'irai
75   vous voir – du moins si vous le voulez bien. À ce moment, je vous
dirai tout ce que je n'ose guère coucher sur le papier aujourd'hui.
Adieu. Priez pour moi, mon cher ami.

C'est ainsi que cette étrange missive[3] prenait fin. Quoique
je n'eusse jamais vu Bertha Rheinfeldt, mes yeux s'emplirent de
80   larmes. J'étais tout effrayée, en même temps que profondément
déçue.

Le soleil venait de se coucher ; lorsque je rendis la lettre du
général à mon père, le crépuscule envahissait déjà le ciel.

La soirée était douce et claire. Nous continuâmes à flâner, en
85   formant mainte hypothèse sur la signification possible des phrases
violentes et incohérentes que je venais de lire. Nous avions presque

---

1. *Conjecturer* : imaginer, supposer.
2. *Vaniteuse* : orgueilleuse.
3. *Missive* : lettre.

un mille à parcourir avant d'atteindre la route qui passe devant le château ; lorsque nous y arrivâmes, l'astre des nuits brillait dans tout son éclat. Au pont-levis, nous rencontrâmes Mme Perrodon et Mlle De Lafontaine, qui venaient de sortir, nu-tête, pour jouir du merveilleux clair de lune.

En approchant, nous entendîmes leurs voix babillardes [1] poursuivre un dialogue animé. Nous les rejoignîmes à l'entrée du pont-levis, puis nous nous retournâmes pour admirer avec elles l'admirable tableau offert à nos regards.

Devant nous s'étendait la clairière que nous venions de traverser. Sur notre gauche, la route étroite s'éloignait en sinuant sous des bouquets d'arbres altiers [2], pour se perdre enfin dans les profondeurs touffues de la forêt. (Sur la droite, je l'ai déjà dit, cette même route franchit le vieux pont gothique près duquel se dresse une tour en ruine, jadis gardienne du passage ; au-delà du pont, une éminence abrupte et boisée laisse voir dans l'ombre des rocs grisâtres tapissés de lierre.)

Au-dessus du gazon et des basses terres s'étendait mollement une mince couche de brume, légère comme une fumée, qui masquait les distances de son voile transparent ; par endroits, nous apercevions la faible lueur de la rivière au clair de lune.

Nul ne saurait imaginer scène plus douce et plus paisible. La nouvelle que je venais d'apprendre la teintait de mélancolie, mais rien ne pouvait troubler sa profonde sérénité, non plus que la splendeur enchanteresse de ce paysage estompé [3].

Mon père, grand amateur de pittoresque, et moi-même, contemplions en silence la perspective au-dessous de nous. Les deux excellentes gouvernantes, un peu en retrait, commentaient le spectacle et discouraient interminablement au sujet de l'astre des nuits.

---

1. *Babillardes* : bavardes, qui ne cessent de parler.
2. *Altiers* : ici, élégants et imposants.
3. *Estompé* : dont les lignes ne sont pas précises.

Mme Perrodon, femme très opulente, d'âge mûr, à l'âme romanesque, bavardait en soupirant de façon poétique. Mlle De Lafontaine (en digne fille de son père, un Allemand
120 réputé pour son tour d'esprit psychologique, métaphysique[1] et tant soit peu mystique[2]) déclarait que lorsque la lune brillait d'un éclat si intense cela dénotait[3] (la chose était universellement admise) une activité spirituelle[4] toute spéciale. La pleine lune à un pareil degré de clarté avait des effets multiples. Elle agissait
125 sur les rêveurs, sur les fous, sur les nerveux ; elle avait d'extraordinaires influences physiques en rapport avec la vie. À ce propos, Mademoiselle nous raconta l'anecdote suivante. Un de ses cousins, second à bord d'un navire marchand, s'étant endormi sur le pont par une nuit semblable, couché sur le dos, le visage exposé
130 à la clarté lunaire, avait rêvé qu'une vieille femme lui griffait la joue. À son réveil, il avait constaté que tous ses traits étaient affreusement tirés d'un côté ; et son visage n'avait, depuis lors, jamais retrouvé sa symétrie.

« La lune, cette nuit, dit-elle, est riche en influences magné-
135 tiques et odiques[5]… Et voyez donc, derrière vous, la façade du château : toutes ses fenêtres scintillent de mille feux allumés par cette splendeur argentée, comme si des mains invisibles avaient illuminé les pièces pour recevoir des hôtes surnaturels. »

Il est certains états d'indolence[6] de l'âme, où, bien que nous
140 ne soyons pas nous-mêmes enclins à parler, la conversation des autres paraît agréable à notre oreille distraite. Ainsi, je continuais à contempler le paysage, fort contente d'entendre le babillage des deux femmes.

---

1. *Métaphysique* : qui concerne ce qui est au-delà de la physique, du monde matériel.
2. *Mystique* : qui croit en l'union intime de l'individu avec Dieu.
3. *Dénotait* : indiquait.
4. *Spirituelle* : de «l'Esprit», de forces immatérielles.
5. Les rayons odiques sont une mystérieuse influence correspondant tantôt à l'âme du monde tantôt à la quintessence élémentaire. *[NdT]*
6. *Indolence* : paresse.

«Je me sens d'humeur mélancolique, ce soir», déclara mon
145 père après un instant de silence.

Puis, citant Shakespeare (qu'il avait coutume de lire à haute
voix pour nous permettre de cultiver notre anglais) il poursuivit :

«"J'ignore, en vérité, pourquoi je suis si triste.

«Cela m'oppresse, et cela vous oppresse aussi ;
150   « Mais, comment j'ai pu contracter ce mal... [1]"

J'ai oublié la suite. Mais j'ai l'impression qu'un grand malheur est suspendu sur nos têtes. Je suppose que cela est dû en
partie à la lettre désespérée du pauvre général.»

À ce moment, un bruit insolite de roues de voitures et de
155 sabots de chevaux sur la route retint notre attention.

Il semblait venir de l'éminence que domine le pont, et, bientôt, l'équipage apparut à cet endroit. D'abord, deux cavaliers tra-
versèrent le pont ; puis vint une voiture attelée à quatre chevaux,
suivie de deux autres cavaliers.

160   Le véhicule devait transporter un personnage de haut rang,
et nous fûmes aussitôt absorbés dans la contemplation de ce
spectacle inhabituel. En quelques secondes, il devint beaucoup
plus fascinant, car, aussitôt que la voiture eut franchi le faîte [2] du
pont abrupt, un des chevaux de tête prit peur et communiqua sa
165 panique aux autres ; après avoir donné quelques ruades, l'attelage tout entier se mit à galoper furieusement, fila entre les deux
cavaliers en avant-garde, puis se précipita vers nous sur la route,
rapide comme l'ouragan, dans un fracas de tonnerre.

L'émoi suscité par cette scène était rendu encore plus dou-
170 loureux par les cris aigus d'une voix de femme à l'intérieur du
véhicule.

Nous avançâmes, en proie à une curiosité horrifiée ; mon père,
sans mot dire, les deux gouvernantes et moi, en poussant des
exclamations de terreur.

---

1. Shakespeare, *Le Marchand de Venise*, acte I, scène 1, v. 1-3. *[NdT]*
2. *Faîte* : point le plus haut.

175 Notre attente angoissée ne dura pas longtemps. Juste avant
d'arriver au pont-levis, un superbe tilleul se dresse sur un côté de
la route, et sur l'autre côté s'érige une antique croix de pierre : à
la vue de celle-ci, les chevaux, qui allaient maintenant à une allure
effroyable, firent un tel écart que la roue de la voiture passa sur
180 les racines en saillie [1] de l'arbre.

Je savais ce qui allait arriver. Incapable de supporter la vue de
l'inévitable accident, je me couvris les yeux de la main et détour-
nai la tête. Au même instant, j'entendis un cri poussé par les deux
gouvernantes qui s'étaient avancées un peu plus loin.

185 La curiosité m'ayant fait rouvrir les paupières, je contemplai
une scène où régnait la plus grande confusion. Deux des chevaux
gisaient sur le sol ; la voiture était renversée sur le côté, deux roues
en l'air ; les hommes s'occupaient à défaire les traits du harnais [2] ;
enfin, une dame à la mine et au port [3] majestueux venait de sortir
190 du véhicule et se tenait sur la route, les mains jointes, portant
parfois à ses yeux le mouchoir qu'elle étreignait de ses doigts.
Au moment même où je regardais ce spectacle, on hissait par la
portière une jeune fille qui semblait être sans vie. Mon père se
trouvait déjà près de la dame, son chapeau à la main, offrant, de
195 toute évidence, son aide et les ressources de son château. Mais
elle semblait ne pas l'entendre, et n'avait d'yeux que pour la
mince jeune fille que l'on étendait à présent sur le talus.

J'approchai. La jeune voyageuse était étourdie [4], mais sûrement pas morte. Mon père, qui se piquait de posséder quelques
200 connaissances médicales, lui avait tâté le poignet et assurait à
sa mère (car la dame venait de se déclarer telle) que son pouls,
faible et irrégulier sans doute, était nettement perceptible. La dame
joignit les mains et leva les yeux au ciel, dans un bref transport de

---

1. *En saillie* : ici, qui sortent de la terre, qui dépassent.
2. *Harnais* : équipement des chevaux qui les attache par des lanières («traits»)
à la voiture.
3. *Port* : façon de se tenir.
4. *Étourdie* : ici, évanouie.

gratitude ; mais, presque aussitôt, elle s'abandonna une fois
encore au désespoir, de cette façon théâtrale qui est, je crois, naturelle à certaines gens.

Elle avait fort bonne apparence, si l'on tenait compte de son
âge, et avait dû être fort belle dans sa jeunesse. Grande mais
non pas maigre, vêtue de velours noir, elle avait un visage fier
et majestueux, bien qu'il fût, pour l'instant, étrangement pâle et
bouleversé.

«Y a-t-il sur cette terre un être humain autant que moi voué au
malheur ? disait-elle au moment où je m'approchai. Me voici au
milieu d'un voyage qui est pour moi une question de vie ou de mort.
Perdre une heure, c'est peut-être tout perdre. Dieu sait combien de
temps s'écoulera avant que ma fille ne soit en état de reprendre la
route. Il faut absolument que je la quitte. Je ne peux pas, je n'ose
pas m'attarder. Pouvez-vous me dire, monsieur, à quelle distance
se trouve le village le plus proche ? C'est là que je dois la laisser.
Et je ne verrai pas mon enfant chérie, je n'aurais même pas de ses
nouvelles, jusqu'à mon retour dans trois mois d'ici.»

Tirant mon père par le pan de son habit, je lui murmurai à
l'oreille d'un ton fervent :

«Oh, papa, je vous en prie, demandez-lui de permettre que sa
fille séjourne au château : ce serait si agréable !

– Si Madame veut bien, jusqu'à son retour, confier son enfant
aux bons soins de ma fille et de sa gouvernante, Mme Perrodon,
et l'autoriser à demeurer chez moi à titre d'invitée, non seulement
nous en serons très honorés et très obligés[1], mais encore nous
la traiterons avec tout le dévouement que mérite un dépôt aussi
sacré.

– Je ne puis accepter cela, monsieur, répondit-elle d'un air
égaré. Ce serait mettre trop cruellement à l'épreuve votre cheva-
leresque obligeance[2].

_____

1. *Obligés* : reconnaissants.
2. *Obligeance* : générosité.

– Tout au contraire, ce serait nous témoigner une extrême bonté à un moment où nous en avons particulièrement besoin. Ma fille vient d'être déçue par un cruel malheur, et se voit frustrée d'une visite dont elle attendait depuis longtemps beaucoup de joie. Si vous nous confiez votre enfant, ce sera pour elle la meilleure des consolations. Le village le plus proche est assez loin d'ici, et vous n'y trouverez pas d'auberge où installer votre fille, ainsi que vous en avez exprimé l'intention ; d'autre part, vous ne pouvez pas la laisser poursuivre son voyage pendant longtemps sans l'exposer à être gravement malade. Si, comme vous l'avez dit, il vous est impossible d'interrompre votre voyage, il faut vous séparer d'elle ce soir même ; or, vous ne sauriez le faire nulle part ailleurs qu'ici avec de meilleures garanties de bons soins et d'affection.»

La dame en noir avait tant de majestueuse distinction dans son apparence et tant de séduction dans ses manières, qu'on ne pouvait manquer de la considérer (mis à part la dignité de son équipage) comme une personne d'importance.

À présent, la voiture reposait sur ses quatre roues, et les chevaux, redevenus parfaitement dociles, avaient été remis dans les traits.

La dame jeta sur sa fille un regard qui, me sembla-t-il, n'était pas aussi affectueux qu'on aurait pu s'y attendre d'après le début de la scène. Puis, elle fit à mon père un léger signe de la main, et se retira avec lui à quelques pas de distance, hors de portée de mon oreille ; après quoi, elle se mit à lui parler d'un air grave et sévère très différent de celui qu'elle avait eu jusque-là.

Je fus stupéfaite de constater que mon père ne semblait pas s'apercevoir de ce changement. En même temps, je me sentis incroyablement curieuse de savoir ce qu'elle pouvait lui dire, presque à l'oreille, avec tant d'ardeur volubile [1].

Elle discourut ainsi pendant deux ou trois minutes environ. Ensuite, elle se retourna et gagna en quelques pas l'endroit où

---

1. *Avec tant d'ardeur volubile* : avec tant d'ardeur et d'énergie.

gisait [1] sa fille, soutenue par Mme Perrodon. Elle s'agenouilla à son côté l'espace d'un instant, et lui murmura à l'oreille ce que la gouvernante prit pour une courte bénédiction. Puis, lui ayant
270 donné un rapide baiser, elle monta dans la voiture. On referma la portière, les laquais en superbe livrée [2] grimpèrent à l'arrière du véhicule, les piqueurs éperonnèrent leur monture, les postillons [3] firent claquer leur fouet, les chevaux filèrent soudain à un trot furieux qui menaçait de redevenir un grand galop à brève
275 échéance, et le véhicule s'éloigna à vive allure, suivi par les deux cavaliers qui allaient, eux aussi, à fond de train [4].

III
Échange d'impressions

Nous suivîmes le cortège du regard jusqu'à ce qu'il eût rapidement disparu dans le bois enlinceulé [5] de brume. Bientôt, le bruit des sabots et des roues s'éteignit dans la nuit silencieuse.

Il ne restait plus rien pour nous assurer que cette aventure
5 n'avait pas été une simple illusion de quelques instants ; rien, sauf la jeune fille qui ouvrit les yeux à ce moment précis. Je ne pouvais pas voir son visage, car il n'était pas tourné vers moi ; mais elle leva la tête et regarda tout autour d'elle, puis demanda d'une voix douce et plaintive :
10 « Où est maman ? »

L'excellente Mme Perrodon lui répondit d'un ton plein de tendresse, et ajouta quelques assurances réconfortantes.

---

1. *Gisait* : était allongée
2. *Livrée* : habit de domestique.
3. *Piqueurs*, *postillons* : domestiques chargés de la conduite des voitures à chevaux.
4. *À fond de train* : très vite.
5. *Enlinceulé* : comme dans un linceul (drap mortuaire), c'est-à-dire ici enveloppé de brume.

Ensuite, j'entendis l'inconnue poursuivre en ces termes :

«Où suis-je? Quel est ce lieu?… Je ne vois pas la voiture… Et
15 Matska, où est-elle donc? »

Mme Perrodon répondit à toutes ces questions dans la mesure
où elle pouvait les comprendre. Peu à peu, la jeune fille se rappela
les circonstances de l'accident et fut heureuse de savoir que personne n'avait été blessé. Puis, en apprenant que sa mère l'avait
20 laissée là pour trois mois, jusqu'à son retour, elle se mit à pleurer.

Je m'apprêtais à ajouter mes consolations à celles de la gouvernante, quand Mlle De Lafontaine posa sa main sur mon bras
en me disant :

«Ne vous approchez pas; pour l'instant, elle ne peut parler
25 qu'à une seule personne à la fois : la moindre surexcitation pourrait l'accabler [1].»

« Dès qu'elle sera bien installée dans son lit, pensai-je, je mon-
terai dans sa chambre et je la verrai.»

Cependant, mon père avait envoyé un domestique à cheval
30 chercher le médecin qui habitait à deux lieues de distance, pendant
qu'on préparait une chambre pour recevoir la jeune inconnue.

Celle-ci se leva enfin, et, s'appuyant sur le bras de Mme Perrodon,
avança lentement sur le pont-levis avant de franchir la porte du
château.

35 Les domestiques l'attendaient dans le vestibule, et elle fut
conduite aussitôt dans sa chambre.

La pièce qui nous sert de salon est très longue. Elle est per-
cée, au-dessus des douves et du pont-levis, de quatre fenêtres qui
donnent sur le paysage sylvestre que je viens de décrire.

40 Elle renferme de vieux meubles en chêne sculpté, et les fau-
teuils sont garnis de coussins en velours rouge d'Utrecht [2]. Des
tapisseries couvrent les murs tout entourés de grandes moulures

---

1. *Accabler* : épuiser.
2. Le velours d'Utrecht est un velours ras et sans motif, façonné la première
fois à Utrecht aux Pays-Bas.

d'or : les personnages, grandeur nature, portent de curieux cos-
tumes d'autrefois ; les sujets représentés sont la chasse à courre,
45 la chasse au faucon et diverses réjouissances. La pièce n'est pas
imposante au point de ne pas être extrêmement confortable.
C'est là que nous prenions le thé, car mon père, en raison de ses
tendances patriotiques, insistait pour que ce breuvage national
apparût régulièrement sur la table en même temps que le café et
50 le chocolat.

Cette nuit-là, nous nous retrouvâmes dans ce salon, en train
de parler, à la lueur des bougies, de l'aventure de la soirée.

Mme Perrodon et Mlle De Lafontaine étaient avec nous. Une
fois étendue dans son lit, la jeune voyageuse avait aussitôt som-
55 bré dans un profond sommeil, et les deux gouvernantes l'avaient
laissée aux soins d'une domestique.

«Comment trouvez-vous notre invitée ? demandai-je dès que
Mme Perrodon entra. Parlez-moi d'elle, je vous prie.

– En vérité, elle me plaît énormément. C'est, je crois, la plus
60 jolie créature que j'aie jamais vue. Elle a à peu près votre âge, et
me paraît très douce et très aimable.

– Elle est d'une merveilleuse beauté, ajouta Mlle De Lafontaine
qui venait de jeter un coup d'œil dans la chambre de l'inconnue.

– Et elle a une voix particulièrement mélodieuse, s'exclama
65 Mme Perrodon.

– Avez-vous remarqué dans la voiture, après qu'elle eut
été redressée, la présence d'une femme qui n'a pas mis pied à
terre mais s'est contentée de regarder par la fenêtre ? demanda
Mlle De Lafontaine.

70 – Non, nous n'avions rien remarqué de pareil.»

Là-dessus, ma préceptrice nous décrivit une hideuse Négresse [1],
coiffée d'un turban de couleur, qui n'avait pas cessé de contempler la scène en adressant aux deux voyageuses des signes de tête

---

1. La dénomination injurieuse, ainsi que l'attitude et l'accoutrement du personnage montrent que Le Fanu fait ici usage d'un cliché raciste.

et des grimaces moqueuses, roulant les grosses prunelles blanches
75 de ses yeux étincelants, et serrant les dents comme sous l'empire
d'une furieuse colère.

«Avez-vous observé, d'autre part, la mine patibulaire[1] des
domestiques? demanda Mme Perrodon.

– Oui, répondit mon père, qui venait d'entrer. Jamais je n'ai
80 vu de gaillards à l'air plus sinistre, à l'expression plus sournoise.
J'espère qu'ils ne vont pas dévaliser cette pauvre femme en pleine
forêt. Mais je dois ajouter que ces coquins sont très adroits : ils
ont tout remis en place en quelques instants.

– Peut-être sont-ils fatigués par un trop long trajet, fit observer
85 Mme Perrodon. Non seulement ils avaient un air peu rassurant,
mais encore leur visage m'a semblé étrangement maigre, sombre
et revêche. J'avoue que je pèche par excès de curiosité, mais j'espère que notre jeune invitée nous racontera tout demain, si elle a
suffisamment repris ses forces.

90 – Je crois qu'elle n'en fera rien», déclara mon père en souriant
d'un air mystérieux et en hochant légèrement la tête, comme s'il
en savait davantage qu'il ne se souciait de nous en révéler.

Ceci me rendit d'autant plus curieuse d'apprendre ce qui
s'était passé entre lui et la dame vêtue de velours noir, au cours
95 du bref mais sérieux entretien qui avait précédé immédiatement
le départ de la voiture.

Dès que nous fûmes seuls, je le suppliai de tout me raconter,
et il ne se fit pas longtemps prier :

«Je n'ai vraiment aucun motif de garder le silence à ce sujet.
100 Cette dame a manifesté une certaine répugnance à nous impor-
tuner en nous confiant sa fille, personne très nerveuse et de santé
délicate ; elle a aussi déclaré (sans que je lui aie posé la moindre
question à ce propos) que notre jeune invitée n'était sujette à
aucun accès, aucune crise, aucune hallucination, et que, en fait,
105 elle jouissait de toute sa raison.

---

1. *Patibulaire* : antipathique, qui n'inspire pas la confiance.

– Je trouve fort étrange qu'elle ait dit tout cela ! C'était absolument inutile.

– Quoi qu'il en soit, elle l'a bel et bien dit, répliqua mon père en riant ; et, puisque tu veux savoir tout ce qui s'est passé (bien peu de chose en vérité), moi, je te le répète… Ensuite, elle a ajouté : "Je fais un voyage d'une importance *vitale* (elle a souligné le mot) qui doit être rapide et secret. Je reviendrai chercher ma fille dans trois mois. Pendant ce temps, elle ne révélera à personne qui nous sommes, d'où nous venons, et où nous allons." C'est là tout ce qu'elle m'a confié. Elle parlait un français très pur. Après avoir prononcé le mot "secret", elle a marqué une pause de quelques secondes, le visage sévère, les yeux fixés sur les miens. J'imagine qu'elle attache une grande importance à cela. Tu as vu avec quelle hâte elle est repartie. J'espère que je n'ai pas fait une sottise en me chargeant de prendre soin de cette jeune personne.»

Pour ma part, j'étais ravie. Brûlant de la voir et de lui parler, j'attendais avec impatience le moment où le médecin me le permettrait. Vous qui habitez les villes, vous ne pouvez concevoir l'extraordinaire événement que constitue la venue d'une nouvelle amie dans une solitude semblable à celle où nous vivions.

Le médecin arriva vers une heure du matin ; mais il m'eût été tout aussi impossible d'aller me coucher et de dormir que de rattraper à pied la voiture dans laquelle avait disparu la princesse en velours noir.

Lorsque le praticien descendit au salon, il nous donna d'excellentes nouvelles de sa malade. Elle était maintenant assise dans son lit, son pouls battait régulièrement, et elle paraissait en parfaite santé. Son corps était indemne, et le léger choc nerveux qu'elle avait subi avait disparu sans laisser de suite fâcheuse. Il ne pouvait y avoir le moindre inconvénient à ce que je lui rendisse visite, si nous éprouvions, l'une et l'autre, le désir de nous voir. Dès que j'eus cette autorisation, j'envoyai une domestique demander à la jeune fille si elle voulait bien me permettre d'aller passer quelques minutes dans sa chambre.

140 La servante revint immédiatement pour m'annoncer que c'était son plus cher désir.

Soyez certains que je ne fus pas longue à profiter de cette permission.

Notre visiteuse se trouvait dans une des plus belles pièces du 145 schloss, qui était assez imposante. Pendue à la paroi en face du lit, on voyait une tapisserie de teinte sombre sur laquelle Cléopâtre portait un aspic[1] à son sein ; et des scènes classiques d'un caractère solennel, aux couleurs un peu fanées, s'étalaient sur les trois autres murs. Mais les autres motifs décoratifs de la pièce offraient 150 assez de sculptures dorées, assez de couleurs vives pour compenser amplement la tristesse de la vieille tapisserie.

Des bougies brûlaient au chevet du lit où la jeune fille était assise, sa mince et gracieuse silhouette enveloppée dans le doux peignoir de soie, brodé de fleurs et doublé d'un épais molleton, 155 que sa mère lui avait jeté sur les pieds pendant qu'elle gisait sur le talus.

Qu'est-ce donc qui, au moment où j'arrivais tout près du lit et entamais mon petit discours de bienvenue, me frappa soudain de mutisme et me fit reculer de deux pas ? Je m'en vais vous le dire.

160 Je voyais le même visage que j'avais vu dans mon enfance, au cœur de la nuit, ce visage qui était resté gravé profondément dans ma mémoire, sur lequel j'avais médité pendant tant d'années avec une si grande horreur, alors que nul ne soupçonnait la nature de mes pensées.

165 Il était joli, voire beau ; et il avait la même expression de mélancolie que la première fois où il m'était apparu.

Mais il s'éclaira presque aussitôt d'un étrange sourire de reconnaissance figé.

---

1. Reine d'Égypte (51-30 av. J.-C.), Cléopâtre s'est donné la mort, après le suicide de son amant Marc Antoine, en pressant sur son sein un aspic, serpent mortel. Cette fin tragique fut très souvent représentée en peinture, notamment à l'époque symboliste qui est celle de Le Fanu (par exemple, l'œuvre de Jean-André Rixens, *La Mort de Cléopâtre*, 1874).

Il y eut une bonne minute de silence, puis la jeune fille finit par
170 prendre la parole (car, personnellement, j'en étais incapable).

«Voilà qui est prodigieux ! s'exclama-t-elle. Il y a douze ans,
j'ai vu votre visage en rêve, et il n'a pas cessé de me hanter depuis
lors.

– Prodigieux en vérité ! répétai-je, après avoir maîtrisé à grand-
175 peine l'horreur qui m'avait empêchée de parler pendant quelques
instants. Il y a douze ans, en rêve ou en réalité, je suis certaine,
moi, de vous avoir vue. Je n'ai jamais pu oublier votre visage. Il
est toujours resté devant mes yeux depuis lors.»

Son sourire s'était fait plus doux. Ce que j'avais cru discerner
180 d'étrange avait disparu ; les fossettes qu'il creusait sur ses joues la
faisaient paraître délicieusement jolie et intelligente.

Me sentant rassurée, je repris mon compliment [1] de bienvenue
sur un mode plus hospitalier [2]. Je lui dis que son arrivée acciden-
telle nous avait apporté à tous un très grand plaisir, et qu'elle
185 m'avait donné, à moi personnellement, un véritable bonheur.

Tout en parlant, je lui avais pris la main. J'étais assez timide,
comme tous ceux qui vivent dans la solitude, mais la situation
m'avait rendue éloquente [3] et même hardie. Elle posa sa main sur
la mienne après l'avoir serrée tendrement. Puis, les yeux brillant
190 d'un vif éclat, elle me jeta un regard rapide, sourit de nouveau
et rougit.

Elle répondit très joliment à mes paroles de bienvenue.
Toujours en proie à une profonde stupeur, je m'assis à son côté.
Après quoi, elle poursuivit en ces termes :
195 «Il faut que je vous dise dans quelles circonstances vous m'êtes
apparue. Il est vraiment très étrange que chacune de nous ait eu
une vision si nette de l'autre, que je vous ai vue et que vous m'ayez
vue telles que nous sommes à présent, alors que nous étions des

---

1. *Compliment* : ici, court discours.
2. *Hospitalier* : accueillant.
3. *Éloquente* : qui s'exprime bien et facilement.

enfants en ce temps-là. J'avais six ans à peine quand je m'éveillai, une nuit, d'un rêve confus et agité, pour me trouver dans une chambre très différente de la mienne, grossièrement lambrissée de bois[1] de couleur sombre, dans laquelle étaient dispersés des armoires, des lits, des chaises et des bancs. À ce qu'il me sembla, les lits étaient tous vides et il n'y avait personne dans la pièce. Après avoir regardé autour de moi pendant un certain temps, et admiré tout particulièrement un chandelier de fer à deux branches (que je serais capable de reconnaître aujourd'hui), je me glissai sous le lit pour gagner la fenêtre. Mais, lorsque je fus arrivée de l'autre côté du meuble, j'entendis quelqu'un pleurer. Ayant levé les yeux (j'étais encore à genoux), je vous vis telle que je vous vois à présent : une belle jeune fille aux cheveux d'or, aux grands yeux bleus, aux lèvres… vos lèvres… vous, en un mot, vous tout entière, vous qui êtes là près de moi. Attirée par votre beauté, je grimpai sur le lit et vous pris dans mes bras. Puis, autant que je me souvienne, nous nous endormîmes toutes les deux. Un cri me réveilla brusquement : c'était vous qui criiez, assise sur le lit. Frappée de terreur, je me laissai glisser sur le plancher, et, à ce qu'il me sembla, je perdis connaissance l'espace d'un moment. Quand je retrouvai l'usage de mes sens[2], j'étais à nouveau chez moi dans ma chambre. Depuis lors, je n'ai jamais oublié votre visage. Il est impossible que je sois abusée[3] par une simple ressemblance. Vous êtes bien la jeune fille que j'ai vue il y a douze ans.»

À mon tour, je lui narrai ma vision, si bien accordée à la sienne, et elle n'essaya pas de dissimuler sa stupeur.

«Je ne sais laquelle de nous devrait inspirer la plus grande crainte à l'autre, dit-elle en souriant à nouveau. Si vous étiez moins jolie, j'aurais très peur de vous ; mais à cause de votre beauté et de notre jeune âge, j'ai seulement l'impression d'avoir

---

1. *Lambrissée de bois* : dont les murs sont recouverts de panneaux de bois.
2. *Quand je retrouvai l'usage de mes sens* : quand je me réveillai.
3. *Abusée* : trompée.

fait votre connaissance il y a douze ans et d'avoir déjà droit à
230 votre intimité. À tout le moins, il semble bien que nous ayons été
destinées, depuis notre plus tendre enfance, à devenir amies. Je
me demande si vous vous sentez aussi étrangement attirée vers
moi que je me sens attirée vers vous. Je n'ai jamais eu d'amie ;
vais-je en trouver une à présent ? »

235 Elle soupira, et ses beaux yeux noirs me lancèrent un regard
passionné.

Or, à vrai dire, cette belle inconnue m'inspirait un sentiment
inexplicable. J'étais effectivement, selon ses propres termes, « attirée vers elle », mais j'éprouvais aussi une certaine répulsion à son
240 égard. Néanmoins, dans cet état d'âme ambigu, l'attirance l'em-
portait de beaucoup. Elle m'intéressait et me captivait[1] car elle
était très belle et possédait un charme indescriptible.

Mais, à ce moment, je m'aperçus qu'elle paraissait en proie à
une grande lassitude[2] ; en conséquence je me hâtai de lui souhai-
245 ter une bonne nuit.

« Le docteur estime, ajoutai-je, que vous devriez avoir auprès
de vous quelqu'un pour vous veiller. Une de nos servantes est à
votre disposition : vous verrez que c'est une personne très calme
et très compétente.

250 — Je suis très touchée de votre bonté ; mais je ne pourrais pas
dormir s'il y avait quelqu'un dans ma chambre : cela m'a toujours été impossible. Je n'aurai besoin d'aucun secours, et, de
plus, je dois vous avouer une de mes faiblesses : je suis hantée
par la crainte panique des voleurs. Notre maison a été cambrio-
255 lée autrefois, et deux de nos domestiques ont été tués ; depuis, je
ferme toujours ma porte à clé. C'est devenu une habitude : vous
paraissez si bonne que vous me pardonnerez, j'en suis certaine.
Je vois qu'il y a une clé dans la serrure. »

---

1. *Captivait* : fascinait. Le verbe contient l'idée de rendre prisonnier celui
ou celle qui regarde.
2. *Lassitude* : fatigue.

Pendant quelques instants, elle me tint serrée dans ses beaux
260 bras en me murmurant à l'oreille :

«Bonne nuit, ma chérie ; il m'est pénible de me séparer de
vous, mais je dois vous dire bonne nuit. Je vous reverrai demain,
assez tard dans la matinée.»

Elle se laissa retomber sur l'oreiller en soupirant, et ses beaux
265 yeux me suivirent d'un regard tendre et mélancolique, tandis
qu'elle murmurait à nouveau :

«Bonne nuit, ma douce amie.»

La sympathie et l'amour naissent spontanément dans le cœur
des êtres jeunes. J'étais flattée de l'affection manifeste qu'elle me
270 témoignait, bien que je ne l'eusse encore pas méritée. J'étais ravie
de la confiance qu'elle plaçait en moi de prime abord. Elle avait
décidé fermement que nous serions amies intimes.

Nous nous retrouvâmes le lendemain. Je fus charmée par ma
compagne, du moins à certains égards.

275 Le grand jour ne retirait rien à sa beauté. C'était, sans aucun
doute, la plus ravissante créature que j'eusse jamais rencontrée,
et le souvenir déplaisant de son visage tel que je l'avais vu dans
mon rêve d'enfant ne produisait plus sur moi l'effet terrible que
j'avais ressenti en le reconnaissant pour la première fois à l'im-
280 proviste [1].

Elle m'avoua qu'elle avait subi un choc identique en me
voyant, et cette même antipathie [2] légère qui s'était mêlée à mon
admiration pour elle. Nous nous mîmes à rire ensemble de notre
frayeur momentanée.

---

1. *À l'improviste* : sans m'y attendre.
2. *Antipathie* : sentiment de rejet envers quelqu'un.

IV
Ses habitudes
Une promenade

Je vous ai dit que j'étais charmée par ma compagne à certains égards.

Mais il y avait en elle plusieurs choses qui me plaisaient beaucoup moins.

5 Je commencerai par la décrire. Elle était d'une taille au-dessus de la moyenne, mince et étonnamment gracieuse. À l'exception de l'extrême langueur [1] de ses gestes, rien dans son aspect ne révélait qu'elle fût malade. Elle avait un teint éclatant et coloré, des traits menus parfaitement modelés, de grands yeux noirs au vif éclat.

10 Sa chevelure était magnifique. Jamais je n'ai vu des cheveux aussi épais, aussi longs que les siens, lorsqu'ils retombaient librement sur ses épaules. Je les ai bien souvent soulevés dans mes mains, et me suis émerveillée en riant de les trouver si lourds. Prodigieusement fins et soyeux, ils étaient d'un brun très sombre, très chaud, avec

15 des reflets d'or. Quand elle était étendue sur sa chaise longue, dans sa chambre, me parlant de sa voix douce et basse, j'aimais les dénouer et les laisser tomber de tout leur poids, pour ensuite les enrouler autour de mes doigts, les natter, les étaler, jouer avec eux. Ciel! si j'avais su alors tout ce que je sais maintenant!

20 Je vous ai dit que plusieurs choses me déplaisaient en elle. Si j'avais été captivée par la confiance qu'elle m'avait témoignée la nuit de notre première rencontre, je m'aperçus par la suite qu'elle manifestait une réserve toujours en éveil pour tout ce qui concernait elle-même ou sa mère, pour son histoire, ses ancêtres, sa vie

25 passée, ses projets d'avenir. Sans doute étais-je déraisonnable et avais-je grand tort ; sans doute aurais-je dû respecter l'injonction [2]

---

1. *Langueur* : ici, lenteur fatiguée.
2. *Injonction* : ordre.

solennelle que la majestueuse dame en velours noir avait faite à mon père. Mais la curiosité est une passion turbulente et sans scrupules, et aucune jeune fille ne saurait endurer patiemment de
30 se voir déjouée sur ce point par une autre. À qui donc aurait-elle porté préjudice en m'apprenant ce que je brûlais de connaître ? N'avait-elle pas confiance dans mon bon sens ou dans mon honneur ? Pourquoi ne voulait-elle pas me croire quand je lui donnais l'assurance solennelle que je ne divulguerais pas la moindre de
35 ses paroles à âme qui vive ?

Je croyais déceler une froideur qui n'était pas de son âge dans ce refus obstiné, mélancolique et souriant, de me montrer le plus faible rayon de lumière.

Je ne puis dire que nous nous querellâmes jamais sur ce point[1],
40 car elle refusait toute querelle. En vérité, je me montrais injuste et impolie en la pressant de parler, mais je ne pouvais m'en empêcher ; pourtant, j'aurais pu tout aussi bien ne pas toucher à ce sujet.

Ce qu'elle consentit à m'apprendre se réduisait à rien, à mon sens (tant j'étais déraisonnable dans mon estimation).

45 Le tout se bornait à trois révélations fort vagues :

En premier lieu, elle se nommait Carmilla.

En second lieu, elle appartenait à une très noble et très ancienne famille.

En troisième lieu, sa demeure se trouvait quelque part à l'oc-
50 cident.

Elle refusa de me faire connaître le nom de ses parents, leur blason[2], le nom de leur domaine, et même celui du pays où ils vivaient.

N'allez pas croire que je la tourmentais sans cesse de mes
55 questions. Je guettais les moments propices, et procédais par insinuation plutôt que par demande pressante (à l'exception d'une

---

1. *Je ne puis dire que nous nous querellâmes jamais sur ce point* : je ne peux pas dire que nous nous disputâmes sur ce point.
2. *Blason* : emblème d'une famille noble.

ou deux attaques directes). Mais quelle que fût ma tactique, j'aboutissais toujours à un échec complet. Reproches et caresses ne produisaient aucun effet sur elle. Pourtant je dois ajouter
60 qu'elle se dérobait avec tant de grâce mélancolique et suppliante, tant de déclarations passionnées de tendresse à mon égard et de foi en mon honneur, tant de promesses de tout me révéler un jour, – que je n'avais pas le cœur de rester longtemps fâchée contre elle.

65   Elle avait coutume de me passer ses beaux bras autour du cou, de m'attirer vers elle, et, posant sa joue contre la mienne, de murmurer à mon oreille :

«Ma chérie, ton petit cœur est blessé. Ne me juge pas cruelle parce que j'obéis à l'irrésistible loi qui fait ma force et ma fai-
70 blesse. Si ton cœur adorable est blessé, mon cœur farouche[1] saigne en même temps que lui. Dans le ravissement de mon humiliation sans bornes, je vis de ta vie ardente, et tu mourras, oui, tu mourras avec délices, pour te fondre en la mienne. Je n'y puis rien : de même que je vais vers toi, de même, à ton tour, tu
75 iras vers d'autres, et tu apprendras l'extase de cette cruauté qui est pourtant de l'amour. Donc, pour quelque temps encore, ne cherche pas à en savoir davantage sur moi et les miens, mais accorde-moi ta confiance de toute ton âme aimante.»

Après avoir prononcé cette rapsodie[2], elle resserrait son
80 étreinte frémissante, et ses lèvres me brûlaient doucement les joues par de tendres baisers.

Son langage et son émoi me semblaient pareillement incompréhensibles.

J'éprouvais le désir de m'arracher à ces sottes étreintes (qui,
85 je dois l'avouer, étaient assez rares), mais toute mon énergie semblait m'abandonner. Ses paroles, murmurées à voix très basse, étaient une berceuse à mon oreille, et leur douce influence trans-

---

1. *Farouche* : qui n'est pas apprivoisé.
2. *Rapsodie* (ou rhapsodie) : ici, discours qui a le charme de la musique.

formaient ma résistance en une sorte d'extase[1] d'où je ne parvenais à sortir que lorsque mon amie retirait ses bras.

90   Elle me déplaisait grandement dans ces humeurs mystérieuses. J'éprouvais une étrange exaltation, très agréable, certes, mais à laquelle se mêlait une vague sensation de crainte et de dégoût. Je ne pouvais penser clairement à Carmilla au cours de ces scènes ; néanmoins, j'avais conscience d'une tendresse qui tournait à
95 l'adoration, en même temps que d'une certaine horreur. Je sais qu'il y a là un véritable paradoxe, mais je suis incapable d'expliquer autrement ce que je ressentais.

    Tandis que j'écris ces lignes d'une main tremblante, plus de dix ans après, je garde le souvenir horrifié et confus de certains
100 incidents, de certaines situations, au cours de l'ordalie[2] que je subissais à mon insu ; par contre, je me rappelle avec une très grande netteté le cours principal de mon histoire. En vérité, je crois que, dans la vie de chacun de nous, les scènes pendant lesquelles nos passions ont été stimulées d'une façon particulière-
105 ment effroyable sont celles, entre toutes, qui laissent l'impression la plus vague sur notre mémoire.

    Parfois, après une heure d'apathie[3], mon étrange et belle compagne me prenait la main et la serrait longtemps avec tendresse ; une légère rougeur aux joues, elle fixait sur mon visage un regard
110 plein d'un feu languide[4], en respirant si vite que son corsage se soulevait et retombait au rythme de son souffle tumultueux. On eût cru voir se manifester l'ardeur d'un amant. J'en étais fort gênée car cela me semblait haïssable et pourtant irrésistible. Me dévorant des yeux, elle m'attirait vers elle, et ses lèvres brûlantes
115 couvraient mes joues de baisers tandis qu'elle murmurait d'une

---

1. *Extase* : plaisir intense.
2. *Ordalie* : épreuve du jugement divin. Au moment où elle écrit, la narratrice prend conscience que cette aventure a été pour elle une épreuve épouvantable à traverser.
3. *Apathie* : indolence, inertie.
4. *Languide* : tristement rêveur.

voix entrecoupée : «Tu es mienne, tu seras mienne, et toi et moi nous ne ferons qu'une à jamais ! » Après quoi, elle se rejetait en arrière sur sa chaise longue, couvrait ses yeux de ses petites mains, et me laissait toute tremblante.

120 «Sommes-nous donc apparentées ? lui demandais-je. Que signifient tous ces transports[1] ? Peut-être retrouves-tu en moi l'image d'un être que tu chéris ; mais tu ne dois pas te comporter de la sorte. Je déteste cela. Je ne te reconnais pas, je ne me reconnais pas moi-même, quand tu prends ce visage, quand tu 125 prononces ces paroles.»

Ma véhémence[2] lui arrachait alors un grand soupir ; elle détournait la tête et lâchait ma main.

J'essayais vainement d'échafauder une théorie satisfaisante au sujet de ces manifestations extraordinaires. Je ne pouvais les attri-130 buer ni à la simulation ni à la supercherie, car, à n'en pas douter, elles n'étaient que l'explosion temporaire d'une émotion instinctive réprimée[3]. Carmilla souffrait-elle de brefs accès de démence, quoique sa mère eût affirmé le contraire ? ou bien s'agissait-il d'un déguisement et d'une affaire de cœur ? J'avais lu des choses 135 semblables dans des livres d'autrefois. Un jeune amant s'était-il introduit dans la maison pour essayer de me faire sa cour en vêtements de femme, avec l'aide d'une habile aventurière d'âge mûr ? Mais, si flatteuse que fût pour moi cette hypothèse, plusieurs choses m'en démontraient la vanité[4].

140 Je ne pouvais me vanter de recevoir aucune des petites attentions que la galanterie masculine se plaît à prodiguer[5]. Ces moments de passion étaient séparés par de longs intervalles de calme, de gaieté, ou de tristesse pensive, au cours desquels j'aurais pu croire parfois ne lui être rien, si je ne l'avais pas vue suivre tous

---

1. *Transports* : manifestations excessives d'émotions.
2. *Véhémence* : violence.
3. *Réprimée* : contenue.
4. *Vanité* : ici, caractère inexact et orgueilleux.
5. *Prodiguer* : offrir.

145 mes mouvements de ses yeux où brûlait une flamme mélancolique. En dehors de ces brèves périodes de mystérieuse exaltation,
elle avait un comportement tout féminin, entièrement incompatible avec un organisme masculin en bonne santé.

Certaines de ses habitudes me paraissaient bizarres (bien
150 qu'une dame de la ville, comme vous, puisse les trouver moins
singulières qu'elles ne l'étaient pour nous autres, campagnards).
Elle descendait généralement très tard, vers une heure de l'après-
midi, et prenait alors une tasse de chocolat sans rien manger.
Ensuite nous allions faire une promenade, un simple petit tour,
155 mais elle semblait épuisée presque immédiatement : ou bien elle
regagnait le château, ou bien elle restait assise sur un des bancs
placés çà et là parmi les arbres. Son esprit ne s'accordait point à
cette langueur corporelle, car sa conversation était toujours très
animée et très intelligente.

160 Parfois elle faisait une brève allusion à sa demeure, ou encore
elle mentionnait une aventure, une situation, un souvenir d'enfance, nous révélant ainsi l'existence d'un peuple dont les us et
coutumes[1] nous étaient complètement inconnus. Ces indications
fortuites m'apprirent que son pays natal se trouvait beaucoup
165 plus loin que je ne l'avais cru tout d'abord.

Un après-midi, alors que nous étions assises sous les arbres,
un cortège funèbre passa devant nous. C'était celui d'une belle
adolescente que j'avais vue souvent, la fille unique d'un garde
forestier. Le pauvre homme marchait derrière le cercueil de son
170 enfant bien-aimée, et semblait accablé de désespoir. Derrière lui,
deux par deux, venaient des paysans qui chantaient un hymne
funèbre.

---

1. *Us et coutumes* : attitudes, comportements, habitudes caractéristiques
d'un peuple, d'un groupe.

Je me levai en témoignage de respect, et joignis ma voix à leur chœur mélodieux.

175 À ce moment, ma compagne me secoua avec une certaine rudesse. Je me retournai vers elle d'un air surpris.

«N'entends-tu pas combien ce chant est discordant[1]? me demanda-t-elle avec brusquerie.

– Tout au contraire, il me paraît fort harmonieux», répondis-
180 je, contrariée par cette interruption et me sentant très mal à mon aise à l'idée que les gens du petit cortège pourraient s'apercevoir et s'irriter de ce qui se passait.

En conséquence, je me remis à chanter aussitôt, pour être à nouveau interrompue.

185 «Tu me perces le tympan! s'écria Carmilla en se bouchant les oreilles de ses doigts minuscules. De plus, comment peux-tu savoir si nous avons, toi et moi, la même religion? Vos rites me blessent, et je déteste les enterrements. Que de bruit pour si peu de chose! Allons donc! tu dois mourir, chacun de nous doit mou-
190 rir... Et nous sommes tellement plus heureux, une fois morts! Viens, rentrons au château.

– Mon père a accompagné le prêtre au cimetière. Je croyais que tu savais qu'on devait enterrer cette pauvre fille aujourd'hui.

– Moi? répondit-elle, tandis qu'une flamme de colère brillait
195 dans ses beaux yeux. Je me soucie bien de vos paysans! Je ne sais même pas qui elle est.

– C'est l'infortunée qui a cru voir un fantôme il y a quinze jours. Depuis, elle n'a pas cessé de subir une lente agonie, et elle est morte hier.

200 – Ne me parle pas de fantômes; sans quoi, je ne dormirai pas cette nuit.

– J'espère que nous ne sommes pas menacés de la peste ou de quelque fièvre maligne[2], bien que tout ceci puisse le faire

---

1. *Discordant* : ici, faux, inharmonieux.
2. *Maligne* : nocive, dangereuse.

craindre. La jeune femme du porcher [1] est morte la semaine dernière. Elle a eu l'impression d'être saisie à la gorge et presque
étranglée pendant qu'elle dormait dans son lit. Papa affirme que
ces horribles fantasmes [2] accompagnent certains genres de fièvre.
L'infortunée créature jouissait d'une parfaite santé la veille de
cette nuit fatale. Depuis, elle n'a pas cessé de décliner, et elle est
morte en moins d'une semaine.

– Eh bien, j'espère que ses funérailles à elle sont terminées,
et que l'on a fini de chanter son hymne : ainsi, nos oreilles ne
seront point torturées par cette musique discordante et ce jargon
insupportable… Tout ceci m'a bouleversée. Assieds-toi ici, à côté
de moi. Viens plus près ; prends ma main ; serre-la fort…, bien
fort…, encore plus fort. »

Après avoir fait quelques pas en direction du château, nous
étions arrivées à un autre banc.

Nous nous assîmes. Son visage subit une métamorphose qui
m'alarma et même me terrifia l'espace d'un instant. Il s'assom-
brit et prit une affreuse teinte livide. Les dents serrées, les mains
crispées, elle fronçait les sourcils en regardant fixement le sol à
ses pieds. Son corps était agité d'un tremblement impossible à
réprimer, comme sous l'effet d'une forte fièvre. Elle semblait faire
appel à toute son énergie pour réprimer une crise de nerfs contre
laquelle elle luttait en retenant son souffle. Enfin elle poussa un
cri étouffé de douleur et se calma peu à peu.

«Voilà, dit-elle alors. Voilà ce que c'est que d'étrangler des
gens avec des hymnes ! Ne me lâche pas encore, ma chérie. Cela
va passer. »

En effet, peu à peu, cela passa. Après quoi, peut-être pour
dissiper l'impression pénible que ce spectacle m'avait laissée, elle
se mit à bavarder avec plus d'animation que de coutume. Et ainsi,
nous regagnâmes le château.

---

1. *Porcher* : paysan chargé de garder les porcs d'une exploitation agricole.
2. *Fantasmes* : ici, idées délirantes.

235 C'était la première fois que je l'avais vue montrer des symptômes très nets de cette fragilité de constitution dont sa mère
avait parlé. C'était également la première fois que je l'avais vue
manifester une certaine mauvaise humeur.

Tout cela disparut comme un nuage d'été. Par la suite, je n'as-
240 sistai qu'à un seul accès de colère de sa part : je vais vous dire
dans quelles circonstances.

Un jour, nous regardions toutes deux par l'une des fenêtres
du salon quand nous vîmes pénétrer dans la cour un vagabond
que je connaissais bien, car il venait généralement au château
245 deux fois par an.

C'était un bossu qui avait, comme presque tous ses pareils,
un visage maigre aux traits anguleux. Il portait une barbe noire
taillée en pointe, et un large sourire découvrait ses dents d'une
éclatante blancheur. Par-dessus ses vêtements marrons, noirs
250 et rouges, se croisaient plus de courroies et de ceintures que je
n'en pouvais compter, auxquelles étaient accrochés des objets
hétéroclites [1]. Sur son dos, il portait une lanterne magique [2], et
deux boîtes dont l'une contenait une salamandre [3] et l'autre une
mandragore [4]. Ces monstres ne manquaient jamais de faire rire
255 mon père. Ils étaient composés de diverses parties de singes, de
perroquets, d'écureuils, de poissons et de hérissons, desséchées
et fort adroitement cousues ensemble de façon à produire un
effet saisissant. Il avait aussi un violon, une boîte d'accessoires
de prestidigitateur, deux fleurets et deux masques accrochés à sa

---

1. *Hétéroclites* : de toutes sortes.
2. *Lanterne magique* : lanterne qui sert à projeter sur les murs des images
colorées qui racontent une histoire.
3. *Salamandre* : petit batracien noir taché de jaune ; selon une croyance
populaire ancienne, les salamandres pouvaient vivre dans le feu et étaient des
animaux infernaux.
4. *Mandragor*e : nom d'une plante dont la racine fourchue comparée à une
forme humaine passait pour avoir des vertus magiques ; mais, ici, la narratrice
semble évoquer un animal fabuleux.

260 ceinture, et plusieurs autres boîtes mystérieuses pendillant tout
autour de lui. Il tenait à la main une canne noire à bout de cui-
vre. Un chien maigre au poil rude le suivait comme son ombre :
mais, ce jour-là, il s'arrêta devant le pont-levis dans une attitude
soupçonneuse, et, presque aussitôt, se mit à pousser des hurle-
265 ments lugubres.

Cependant, le saltimbanque, debout au milieu de la cour,
ôta son chapeau grotesque, nous fit un salut cérémonieux, puis
commença à nous débiter des compliments volubiles en un français exécrable et un allemand presque aussi mauvais. Ensuite,
270 ayant pris son violon, il se mit à racler un air plein d'entrain qu'il
chanta fort gaiement d'une voix discordante, tout en exécutant
une danse bouffonne ; si bien que je ne pus m'empêcher de rire
aux éclats, malgré les hurlements du chien.

Enfin, il s'avança jusqu'à la fenêtre, multipliant sourires et
275 saluts, son violon sous le bras, son chapeau à la main, puis, avec
une volubilité étourdissante, sans jamais reprendre haleine, il
nous débita un boniment[1] interminable dans lequel il énuméra
ses divers talents, les ressources des arts multiples qu'il mettait
à notre service, les curiosités et les divertissements qu'il était à
280 même de nous montrer, si nous lui en donnions l'ordre.

«Plairait-il à Vos Seigneuries d'acheter une amulette[2] contre
l'oupire[3] qui, si j'en crois les rumeurs, erre à travers ces bois ainsi
qu'un loup ? dit-il en jetant son chapeau sur les pavés. Il tue les
gens à plusieurs lieues à la ronde, mais voici un charme[4] infail-
285 lible[5] : il vous suffira de l'épingler à votre oreiller, et vous pourrez
lui rire au nez.»

---

1. *Boniment* : discours par lequel un marchand cherche à tout prix à vendre
quelque chose.
2. *Amulette* : talisman, objet protecteur.
3. Nom slave du vampire. *[NdT]*
4. *Charme* : enchantement, sortilège.
5. *Infaillible* : qui ne peut échouer.

Ces charmes consistaient en petits morceaux de parchemin de forme oblongue [1], couverts de diagrammes [2] et de signes cabalistiques [3].

290 Carmilla en acheta un sur-le-champ ; je suivis son exemple.

Le colporteur tenait les yeux levés vers nous, et nous lui adressions un sourire amusé depuis notre fenêtre (du moins, je puis en répondre en ce qui me concerne). Pendant qu'il nous dévisageait, ses yeux noirs semblèrent découvrir quelque chose qui retint sa 295 curiosité.

En un instant, il eut déroulé une trousse de cuir pleine de bizarres petits instruments d'acier de toutes sortes.

« Regardez bien ceci, madame, me dit-il en me la montrant. Entre autres choses beaucoup moins utiles, je professe l'art de la 300 dentisterie… Peste soit du chien ! Silence, sale bête ! Il hurle si fort que Vos Seigneuries ont peine à m'entendre… Votre noble amie, à votre droite, est pourvue de dents extrêmement tranchantes : longues, fines, pointues – comme une alène [4], comme une aiguille ! Ha, ha, ha ! grâce à mes yeux perçants, j'ai vu cela de façon très 305 nette. Si la noble demoiselle en souffre (et je crois qu'elle doit en souffrir), me voici avec ma lime, mon poinçon et mes pinces. S'il plaît à Sa Seigneurie, je vais les arrondir, je vais les émousser [5] : elle n'aura plus des dents de poisson, elle aura les dents qui conviennent à une si belle demoiselle. Hein ? La demoiselle 310 est-elle mécontente ? Me serais-je montré trop hardi, et l'aurais-je offensée sans le vouloir ? »

En vérité, la demoiselle avait l'air fort courroucé [6], tandis qu'elle s'écartait de la fenêtre.

---

1. *Oblongue* : qui est plus longue que large, allongée.
2. *Diagrammes* : ici, dessins géométriques.
3. *Signes cabalistiques* : signes mystérieux et occultes.
4. *Alène* (ou alêne) : poinçon servant à percer les cuirs.
5. *Émousser* : rendre moins tranchant.
6. *Courroucé* : en colère.

«Comment ce saltimbanque a-t-il le front de nous insulter de
la sorte ? Où est ton père, Laura ? Je vais exiger réparation. Mon
père à moi aurait fait attacher ce misérable à la pompe [1] ; puis il
l'aurait fait fouetter et brûler jusqu'à l'os avec un fer rouge aux
armes du château ! »

Sur ces mots, elle s'éloigna de la fenêtre pour aller s'asseoir
sur un siège.

À peine avait-elle perdu de vue l'offenseur que son courroux
se calma aussi promptement qu'il avait pris naissance. Peu à peu,
elle retrouva son ton de voix habituel, et sembla oublier le petit
bossu et ses folies.

Ce soir-là, mon père me parut fort déprimé. En rentrant au
château, il nous apprit qu'il venait d'être informé d'un autre cas
semblable aux deux derniers qui avaient eu récemment une issue
fatale. La sœur d'un jeune paysan de son domaine, à un mille de
distance, était très malade ; après avoir été «attaquée» (selon ses
propres termes) comme les précédentes victimes, elle ne cessait
pas de décliner lentement mais régulièrement.

«Les causes de ce mal sont parfaitement naturelles, conclut
mon père. Mais ces pauvres gens se contaminent l'un l'autre par
leurs superstitions : leur imagination reflète les images de terreur
qui ont empoisonné l'esprit de leurs voisins.

– Ce seul fait me semble terrifiant en soi, dit Carmilla.

– Comment cela ? demanda mon père.

– Je suis horrifiée à l'idée que je pourrais imaginer des choses
pareilles : j'estime que cette chimère [2] serait aussi effroyable que
la réalité.

– Nous sommes entre les mains du Seigneur. Rien n'arrive
ici-bas sans Sa permission, et tout finira bien pour ceux qui
L'aiment. Il est notre fidèle Créateur : Il nous a fait, tous tant que
nous sommes, et Il prendra soin de nous.

---

1. *Pompe* : pompe à eau.
2. *Chimère* : ici, produit de l'imagination.

345 – Le Créateur! disons plutôt la Nature! s'exclama Carmilla en réponse à ces douces paroles. Oui, la maladie qui ravage ce pays est naturelle. Tout provient de la Nature, n'est-ce pas? Tout ce qui existe dans le ciel, sur la terre et sous la terre, agit et vit selon ce qu'ordonne la Nature : telle est ma conviction.

350 – Le médecin a dit qu'il viendrait me voir aujourd'hui, reprit mon père après quelques instants de silence. Je veux savoir ce qu'il pense de tout cela, et le consulter sur ce que nous avons de mieux à faire.

– Les médecins ne m'ont jamais fait aucun bien, déclara
355 Carmilla.

– Tu as donc été malade? lui demandai-je.

– Plus que tu ne l'as jamais été.

– Il y a longtemps?

– Oui, très longtemps. J'ai eu cette même maladie dont nous
360 venons de parler; mais je n'en garde aucun souvenir, en dehors de la grande faiblesse et des souffrances que j'ai subies alors. Je dois ajouter qu'elles ont été moindres que celles dont s'accompagnent beaucoup d'autres affections [1].

– Tu étais très jeune à cette époque?

365 – Oui, mais laissons là ce sujet : tu ne voudrais pas tourmenter une amie, n'est-ce pas? »

Elle fixa sur moi un regard empreint de langueur, puis, me prenant par la taille d'un geste tendre, elle m'entraîna hors de la pièce, cependant que mon père examinait des papiers près de la
370 fenêtre.

«Pourquoi ton papa prend-il plaisir à nous effrayer ainsi? me demanda-t-elle en soupirant, tandis qu'un léger frisson parcourait tout son corps.

– Tu te trompes, ma chère Carmilla : rien ne saurait être plus
375 loin de son esprit.

– As-tu peur, ma chérie?

---

1. *Affections* : maladies.

– J'aurais très peur si je me croyais vraiment en danger d'être attaquée comme l'ont été ces pauvres femmes.

– Tu as peur de mourir ?

380 – Bien sûr : tout le monde éprouve cette crainte.

– Mais mourir comme peuvent le faire deux amants, – mourir ensemble afin de pouvoir vivre ensemble… Les jeunes filles sont semblables à des chenilles pendant leur existence ici-bas, pour devenir enfin des papillons quand vient l'été. Mais, dans l'intervalle, il y

385 a des larves et des chrysalides[1], comprends-tu, dont chacune a ses penchants, ses besoins et sa structure. C'est ce que dit Monsieur Buffon[2] dans son gros livre qui se trouve dans la pièce voisine.»

Le médecin arriva un peu plus tard dans la journée, et il s'enferma aussitôt avec mon père pendant quelque temps. C'était un

390 praticien habile, âgé de plus de soixante ans, dont le pâle visage rasé de près était aussi lisse qu'un potiron. Lorsque les deux hommes sortirent de la pièce où ils avaient conféré[3], j'entendis papa déclarer en riant :

«Cela m'étonne de la part d'un homme aussi sage que vous

395 l'êtes. Que pensez-vous des hippogriffes[4] et des dragons ? »

Le médecin hocha la tête, et répondit en souriant :

«Quoi qu'il en soit, la vie et la mort sont des états bien mystérieux, et nous ne savons presque rien des ressources qu'ils recèlent.»

400 Sur ces mots, ils s'éloignèrent, et je n'en entendis pas davantage.

---

1. Chrysalides : cocons.

2. Georges-Louis Leclerc, comte de Buffon (1707-1788) : célèbre naturaliste et biologiste français dont l'œuvre la plus fameuse est *L'Histoire naturelle, générale et particulière* (trente-six volumes publiés entre 1749 et 1789), qui tente d'établir un tableau complet de tous les règnes de la nature (en réalité, il s'arrête au règne minéral et à une partie du règne animal).

3. Ils avaient conféré : ils avaient discuté.

4. Hippogriffes : animaux fabuleux, mi-chevaux mi-griffons (le griffon lui-même est un animal mythique mi-aigle mi-lion), présents dans les romans de chevalerie médiévaux.

J'ignorais à ce moment-là quel sujet le docteur avait entamé, mais je crois l'avoir deviné aujourd'hui.

V
Une ressemblance prodigieuse

Ce soir-là arriva de Gratz[1] le fils de notre restaurateur de tableaux, jeune homme au teint brun, à la mine solennelle, conduisant une carriole où se trouvaient deux grandes caisses pleines de toiles. Il venait d'accomplir un voyage de dix lieues.

5   Chaque fois qu'un messager en provenance de notre petite capitale arrivait au château, nous nous pressions autour de lui dans la grand-salle pour apprendre les dernières nouvelles. En l'occurrence, la venue de ce jeune artiste dans notre demeure isolée créa une véritable sensation. Les caisses restèrent dans la
10 grand-salle, et les domestiques prirent soin du messager jusqu'à ce qu'il eût terminé son souper. Alors, accompagné de deux aides et muni d'un marteau, d'un ciseau à froid et d'un tournevis, il vint nous retrouver dans la grand-salle où nous nous étions réunis pour assister au déballage des caisses.

15   Carmilla regardait d'un air distrait tandis que les tableaux anciens restaurés (presque tous des portraits) étaient amenés à la lumière l'un après l'autre. Ma mère appartenait à une vieille famille hongroise, et c'est d'elle que nous venaient la plupart de ces toiles, prêtes maintenant à reprendre leurs places sur les
20 murs.

Mon père tenait en main une liste qu'il lisait à voix haute, pendant que l'artiste fouillait dans les caisses pour en retirer les numéros correspondants. J'ignore si les tableaux étaient très bons, mais ils étaient indiscutablement très vieux, et certains

---

1. *Gratz* (ou Graz) : ville d'Autriche, capitale de la province de Styrie.

25 d'entre eux ne manquaient pas d'originalité. Pour la plupart, ils présentaient à mes yeux le grand mérite de m'être révélés pour la première fois, car, jusqu'à ce jour, la fumée et la poussière du temps en avaient presque entièrement effacé les couleurs.

«Voici une toile que je n'ai encore jamais vue, dit mon père.
30 Dans un des coins du haut se trouvaient un nom : "Marcia Karnstein" (autant que j'aie pu le déchiffrer) et une date : "1698". Je suis curieux de voir ce qu'elle est devenue.»

Je m'en souvenais fort bien. C'était un petit tableau sans cadre, presque carré, d'un pied et demi de long, tellement noirci
35 par l'âge que je n'avais jamais pu y distinguer quoi que ce fût.

L'artiste mit le portait en pleine lumière, avec un orgueil manifeste. Merveilleusement belle, extraordinairement vivante, cette toile était l'effigie de Carmilla !

« Ma chérie, dis-je à ma compagne, nous assistons à un véri-
40 table miracle. Te voilà en personne sur ce tableau, vivante, souriante, prête à parler. N'est-ce pas que ce portrait est magnifique, papa ? Regardez : rien n'y manque, même pas le petit grain de beauté sur sa gorge.

– La ressemblance est vraiment prodigieuse», répondit mon
45 père en riant.

Mais il détourna les yeux aussitôt, sans avoir l'air impressionné le moins du monde (ce qui ne laissa pas de me surprendre [1]), et se remit à parler avec le restaurateur de tableaux. Celui-ci, de nature très artiste, dissertait avec intelligence sur les différentes toiles
50 auxquelles son talent avait rendu lumière et couleur ; pendant ce temps, mon émerveillement ne cessait de croître tandis que je contemplais le portrait.

«Papa, demandai-je, me permettez-vous de l'accrocher dans ma chambre ?
55 – Bien sûr, ma chérie, répondit-il en souriant. Je suis très heureux que tu le trouves tellement ressemblant. Si tu ne te trompes

---

1. *Ce qui ne laissa pas de me surprendre* : ce qui me surprit beaucoup.

pas sur ce point, il doit être encore plus beau que je ne le croyais.»

Ma compagne demeura indifférente à ce compliment : elle ne parut même pas l'avoir entendu. Renversée sur le dossier de son fauteuil, elle me contemplait de ses beaux yeux aux longs cils, les lèvres entrouvertes par un sourire extasié.

«Maintenant, poursuivis-je, on peut très bien lire le nom qui figure dans le coin. On dirait qu'il a été tracé en lettres d'or. Ce n'est pas Marcia, mais Mircalla, comtesse Karnstein ; il est surmonté d'une petite couronne, et, au-dessous, il y a une date : A.D. 1698 [1]. Je descends des Karnstein par ma mère.

– Ah ! fit ma compagne d'un ton languissant, j'appartiens, moi aussi, à cette famille, mais par des ancêtres très lointains. Existe-t-il encore des Karnstein de nos jours ?

– Il n'y en a plus aucun qui porte ce nom, autant que je sache. La famille a perdu tous ses biens, me semble-t-il, au cours de certaines guerres civiles, il y a très longtemps ; mais les ruines du château se dressent encore à moins de trois milles d'ici.

– Voilà qui est fort intéressant ! » s'exclama-t-elle.

Puis, ayant regardé par la porte entrouverte de la grand-salle, elle ajouta :

«Regarde le beau clair de lune ! Veux-tu que nous allions faire une petite promenade pour contempler la route et la rivière ?

– Je veux bien… Cette nuit ressemble tellement à celle de ton arrivée ! »

Elle sourit, poussa un soupir, et se leva. Puis, nous tenant enlacées par la taille, nous sortîmes dans la cour et gagnâmes lentement le pont-levis où le magnifique paysage apparut à nos yeux.

«Ainsi, tu songeais à la nuit de mon arrivée ici ? murmura-t-elle. Es-tu heureuse que je sois venue ?

– J'en suis ravie, ma chère Carmilla.

---

1. *A. D. 1698* : «*Anno Domini 1698*», c'est-à-dire 1698 apr. J.-C.

– Et tu as demandé la permission d'accrocher dans ta chambre le portrait qui, selon toi, me ressemble tellement, chuchota-
t-elle en resserrant son étreinte autour de ma taille et en posant
sa tête charmante sur mon épaule.

– Comme tu es romanesque, Carmilla ! Le jour où tu consen-
tiras à me raconter ton histoire, ce sera un vrai roman d'un bout
à l'autre.»

Elle me donna un baiser sans mot dire.

«Carmilla, je suis sûre que tu as été amoureuse ; je suis sûre
que tu as une affaire de cœur en ce moment même.

– Je n'ai jamais aimé, je n'aimerai jamais personne, si ce n'est
toi», murmura-t-elle.

Ah ! comme elle était belle sous la clarté lunaire !

Après m'avoir jeté un regard étrangement timide, elle cacha
brusquement son visage contre mon cou, à la naissance de mes
cheveux, en poussant de profonds soupirs semblables à des sanglots, et serra ma main de sa main tremblante. Je sentais la cha-
leur brûlante de sa joue satinée contre la mienne.

«Ma chérie, ma chérie, murmura-t-elle, je vis en toi ; et je t'aime
si fort que tu accepterais de mourir pour moi.»

Je m'écartai d'elle d'un mouvement soudain. Elle fixait sur
moi des yeux qui n'avaient plus ni éclat ni expression ; son visage
était blême et apathique.

«L'air s'est-il rafraîchi, ma chérie ? demanda-t-elle d'une voix
ensommeillée. Je me sens presque frissonnante. Aurais-je fait un
rêve ? Viens, rentrons vite.

– Tu as l'air malade, Carmilla. Ce doit être quelque faiblesse.
Tu devrais prendre un peu de vin.

– Ma foi, j'y consens, mais je suis déjà beaucoup mieux,
répondit-elle comme nous approchions de la porte. Dans
quelques minutes, je serai tout à fait bien… Oui, donne-moi donc
un peu de vin. Mais regardons encore, l'espace d'un instant :
c'est peut-être la dernière fois que je vois le clair de lune en ta
compagnie.

– Comment te sens-tu maintenant, ma chérie ? Est-ce que tu es vraiment mieux ? »

125 Je commençais à craindre qu'elle n'eût été frappée par l'étrange épidémie qui avait, disait-on, envahi la contrée.

«Papa serait profondément affligé, ajoutai-je, à la seule pensée que tu pourrais être tant soit peu malade sans nous l'avoir dit aussitôt. Nous avons près d'ici un médecin très compétent, celui-130 là même qui est venu aujourd'hui.

– Je suis sûre que c'est un excellent praticien, et je sais jusqu'où peut aller votre bonté pour moi. Mais, vois-tu, ma chérie, je me sens de nouveau très bien. Je ne souffre jamais de rien que d'une légère faiblesse. On prétend que je suis atteinte d'une mala-135 die de langueur. En vérité, le moindre effort m'est pénible ; j'ai grand-peine à marcher aussi longtemps qu'un enfant de trois ans ; de temps à autre, le peu de force que je possède m'abandonne, et je deviens telle que tu m'as vue tout à l'heure. Mais, en fin de compte, je me remets très vite : en quelques instants, je retrouve 140 mon état normal. Regarde : je suis en possession de tout mon équilibre.»

Elle disait vrai. Nous bavardâmes longtemps encore, et elle se montra fort animée. Le reste de la soirée s'écoula sans qu'elle retombât dans ce que j'appelais sa folie : c'est-à-dire son air et ses 145 propos égarés qui m'inspiraient beaucoup d'embarras et même un certain effroi.

Mais au cours de la nuit survint un incident qui orienta mes pensées dans une direction très différente, et sembla donner à Carmilla un choc suffisant pour que sa langueur naturelle fît 150 place à un bref sursaut d'énergie.

VI
Un très étrange mal

Nous passâmes au salon où nous nous assîmes à table pour prendre notre café et notre chocolat habituels. Carmilla ne voulut rien accepter, mais elle semblait être en parfaite santé. Mme Perrodon et Mlle De Lafontaine vinrent se joindre à nous,
5 et nous entamâmes une partie de cartes au cours de laquelle mon père entra pour prendre ce qu'il appelait «une bonne tasse de thé».

La partie de cartes finie, il alla s'asseoir sur le divan à côté de Carmilla, et lui demanda, avec une certaine anxiété, si elle
10 avait jamais eu des nouvelles de sa mère depuis le jour de son arrivée.

Ayant reçu une réponse négative, il la pria de lui indiquer, si elle le connaissait, l'endroit où il pourrait lui faire parvenir une lettre.

15 «Je ne saurais vous le dire, répondit-elle d'une manière ambiguë, mais je songe à vous quitter. Vous avez déjà été trop bons et trop hospitaliers pour moi. Je vous ai causé beaucoup de dérangement, et j'aimerais partir en voiture dès demain pour aller rejoindre ma mère en courant la poste [1]. Je sais où je finirai par la
20 retrouver, quoique je n'ose vous le révéler.

– Mais vous ne devez pas songer à faire une chose pareille! s'écria mon père, à mon grand soulagement. Il nous est impossible de vous perdre, et je ne consentirai à vous laisser partir que sous la protection de votre mère qui a eu la bonté de vouloir
25 bien me permettre de vous garder parmi nous jusqu'à son retour. J'aurais été très heureux de savoir que vous aviez eu de ses nou-

---

1. *En courant la poste* : en parcourant très vite la distance entre chaque relais de poste (établissements où il était possible, lors d'un voyage, de changer d'attelage) ; au sens figuré, rapidement.

velles, car je viens d'apprendre ce soir même que les progrès du mal mystérieux qui ravage notre région deviennent de plus en plus alarmants. C'est pourquoi, ma belle invitée, ne pouvant 30 prendre conseil de votre mère, je sens peser très lourdement sur moi le poids de ma responsabilité envers vous. Je ferai de mon mieux ; mais, ce qui est bien certain, c'est que vous ne devez pas songer à nous quitter sans que votre mère en ait formulé la demande expresse[1]. Nous serions trop désolés de nous séparer 35 de vous pour consentir aisément à votre départ.

– Monsieur, je vous remercie mille fois de votre hospitalité, dit-elle en souriant timidement. Tous, vous m'avez témoigné une infinie bonté. J'ai rarement été aussi heureuse, au cours de ma vie, que dans votre beau château, sous votre garde, en compagnie de 40 votre fille que j'aime tendrement.»

Ravi de ce petit discours, mon père, tout souriant, lui baisa la main avec cette galanterie surannée[2] qui lui était propre.

Selon mon habitude, j'accompagnai Carmilla dans sa chambre où je restai assise à bavarder avec elle tandis qu'elle se pré-45 parait à se coucher.

«Crois-tu, lui demandai-je enfin, que tu m'accorderas jamais toute ta confiance ? »

Elle se tourna vers moi sans mot dire et se contenta de me regarder en souriant.

50 «Tu ne veux pas me répondre ? poursuivis-je. Tu ne peux sans doute pas me donner une réponse satisfaisante. Je n'aurais pas dû te demander cela.

– Tu as eu parfaitement raison de me le demander, et tu peux me demander n'importe quoi d'autre. Tu ignores combien tu 55 m'es chère ; sans quoi, tu n'imaginerais pas que je te mesure ma confiance le moins du monde. Mais je suis liée par des vœux bien plus terribles que ceux d'une nonne, et je n'ose pas encore

---

1. *Expresse* : claire et ferme.
2. *Surannée* : ancienne, passée de mode.

raconter mon histoire à personne, même à toi. Pourtant le jour approche où tu sauras tout. Tu vas me juger cruelle et très égoïste,

60 mais l'amour est toujours égoïste : d'autant plus égoïste qu'il est plus ardent. Tu ne saurais croire à quel point je suis jalouse. Tu viendras avec moi, en m'aimant jusqu'à la mort ; ou bien tu me haïras, et tu viendras avec moi quand même, en me haïssant pendant et après la mort. Dans mon apathique nature, il n'y a

65 pas de place pour l'indifférence.

– Allons, Carmilla, dis-je vivement, voilà que tu recommences à battre la campagne[1] !

– Non, ne crains rien. Je suis une petite folle sans cervelle, à la tête pleine de caprices et de lubies ; mais, par amour pour toi, je

70 parlerai comme un sage. Es-tu jamais allée au bal ?

– Non... Quelle bavarde tu fais !... Non, je n'y suis jamais allée. Comment est-ce ? Ce doit être charmant.

– J'ai presque oublié : cela date de plusieurs années.

– Voyons, répondis-je en riant, tu n'es pas tellement vieille ! Il

75 ne me paraît guère possible que tu aies déjà oublié ton premier bal.

– Bien sûr, je peux tout me rappeler, au prix d'un grand effort. Mais je vois les choses et les êtres comme un plongeur voit ce qui se passe au-dessus de lui : à travers un milieu dense et parcouru

80 par de légères ondulations, encore que transparent. Cette nuit-là, il m'est arrivé une chose qui a estompé la scène du bal et en a terni les couleurs. Il s'en est fallu de peu que je fusse assassinée dans mon lit... On m'a blessée ici, conclut-elle en portant une main à sa gorge, et je n'ai jamais plus été la même depuis lors.

85 – As-tu été près de mourir ?

– Oui, très près... À cause d'un cruel amour, d'un bien étrange amour qui aurait voulu m'ôter la vie. L'amour exige des sacrifices, et il n'est pas de sacrifice sans effusion de sang[2]... À présent, il

---

1. *Battre la campagne* : divaguer, déraisonner.
2. *Sans effusion de sang* : sans verser de sang.

nous faut dormir… Je me sens très lasse… Où trouverai-je la force
90 de me lever et de fermer ma porte à clé ? »

Sa petite tête reposait sur l'oreiller ; ses mains minuscules pla-
cées sous l'une de ses joues étaient enfouies dans son épaisse chevelure ondulée ; le regard de ses yeux étincelants suivait chacun
de mes mouvements, et sur ses lèvres flottait un étrange et timide
95 sourire que je ne parvenais pas à déchiffrer.

Après lui avoir souhaité bonne nuit, je sortis de la chambre en
éprouvant une sensation de malaise.

Je m'étais souvent demandé si notre charmante invitée disait
ses prières. Personnellement, je ne l'avais jamais vue à genoux.
100 Le matin, elle descendait de sa chambre longtemps après nos
oraisons familiales ; le soir, elle ne quittait pas le salon pour
passer dans la grand-salle et s'associer à notre courte action de
grâces [1].

Si elle ne m'avait pas dit par hasard, au cours d'une de nos
105 conversations à bâtons rompus [2], qu'elle était baptisée, j'aurais
douté qu'elle fût chrétienne. Je ne l'avais jamais entendue parler
de religion. Eussé-je [3] mieux connu le monde, cette négligence (ou
cette antipathie) m'aurait causé moins d'étonnement.

Les précautions dont s'entourent les gens nerveux sont conta-
110 gieuses, et les personnes impressionnables ne manquent pas de
les imiter au bout d'un certain temps. À l'instar de [4] Carmilla,
j'avais pris l'habitude de fermer à clé la porte de ma chambre,
car je m'étais mis en tête toutes les craintes fantasques [5] de ma
compagne au sujet de cambrioleurs nocturnes et d'assassins
115 rôdant au cœur des ténèbres. J'avais aussi adopté sa coutume
d'inspecter rapidement sa chambre pour bien s'assurer que nul
voleur ou nul meurtrier ne s'y trouvait embusqué.

---

1. *Action de grâces* : prière de reconnaissance adressée à Dieu.
2. *À bâtons rompus* : de manière peu suivie, en changeant de sujet.
3. *Eussé-je…* : si j'avais…
4. *À l'instar de* : comme.
5. *Fantasques* : déraisonnables.

Ces sages mesures une fois prises, je me couchai et m'endormis aussitôt. Une bougie brûlait dans ma chambre : habitude de
120 très vieille date, dont rien n'aurait pu m'amener à me défaire.

Ainsi fortifiée, je pouvais, me semblait-il, reposer en paix. Mais les rêves traversent les pierres des murs, éclairent des chambres enténébrées[1] ou enténèbrent des chambres éclairées ; et leurs personnages, narguant tous les serruriers du monde, font
125 leurs entrées ou leurs sorties comme il leur plaît.

Cette nuit-là, j'eus un rêve qui marqua le début d'un mal très étrange.

Je ne puis appeler cela un cauchemar, car j'avais pleinement conscience d'être endormie. Mais j'avais également conscience
130 de me trouver dans ma chambre, couchée dans mon lit, comme je m'y trouvais en réalité. Je voyais, ou croyais voir, la pièce et ses meubles tels que je les avais vus avant de fermer les yeux, à cette exception près qu'il faisait très sombre. Dans cette obscurité j'aperçus une forme vague qui contournait le pied du lit.
135 Tout d'abord je ne pus la distinguer nettement, mais je finis par me rendre compte que c'était un animal noir comme la suie, semblable à un chat monstrueux. Il me parut avoir quatre ou cinq pieds de long[2], car, lorsqu'il passa sur le devant du foyer[3], il en couvrit toute la longueur. Il ne cessait pas d'aller et de venir
140 avec l'agitation sinistre et souple d'un fauve en cage. Malgré la terreur que j'éprouvais (comme vous pouvez l'imaginer), j'étais incapable de crier. L'horrible bête précipita son allure tandis que les ténèbres croissaient dans la chambre. Finalement, il fit si noir que je ne distinguai plus que les yeux de l'animal. Je le sentis bondir
145 légèrement sur mon lit. Les deux yeux énormes vinrent tout près de mon visage, et, soudain, j'éprouvai une très vive douleur, comme si deux aiguilles, à quelques centimètres l'une de l'autre,

---

1. *Enténébrées* : assombries.
2. Le *pied* est une ancienne unité de mesure qui valait 0,3048 mètre.
3. *Foyer* : feu dans la cheminée.

s'enfonçaient profondément dans ma gorge. Je m'éveillai en hurlant. La chambre était éclairée par la bougie qui brûlait toute la
150 nuit, et je vis une forme féminine, debout au pied du lit, un peu sur la droite. Elle portait une ample robe de couleur sombre, et ses cheveux dénoués recouvraient ses épaules. Un bloc de pierre n'eût pas été plus immobile. Je ne pouvais déceler le moindre mouvement de respiration. Tandis que je la regardais fixement, la
155 silhouette me parut avoir changé de place : elle se trouvait maintenant plus près de la porte. Bientôt, elle fut tout contre ; la porte s'ouvrit, l'apparition disparut.

Enfin soulagée, je redevins capable de respirer et de bouger. D'abord, l'idée me vint que j'avais oublié de tourner la clé dans
160 la serrure, et que Carmilla en avait profité pour me jouer un mauvais tour. Je me précipitai vers la porte et la trouvai fermée de l'intérieur, comme d'habitude. Au comble de l'horreur, je n'eus pas le courage de l'ouvrir. Je me précipitai dans mon lit, me cachai la tête sous les couvertures, et demeurai ainsi, plus morte que vive,
165 jusqu'au matin.

VII
Le mal s'aggrave

J'essaierais vainement de vous dépeindre l'horreur que m'inspire aujourd'hui encore le souvenir de cette affreuse nuit. Ma terreur n'avait rien de commun avec l'angoisse passagère laissée par un cauchemar. Elle semblait croître avec le temps, et se com-
5 muniquait à la chambre et au mobilier qui avaient servi de décor à l'apparition.

Le lendemain, il me fut impossible de rester seule, même pour un instant. J'aurais tout raconté à mon père si je n'en avais pas été empêchée par deux considérations. D'une part, je craignais qu'il
10 ne se moquât de mon histoire (et je n'aurais pas supporté qu'elle

devînt un sujet de plaisanteries) ; d'autre part, je me disais qu'il pourrait me croire victime du mal mystérieux qui ravageait notre pays. Personnellement, je n'avais pas la moindre appréhension à ce sujet, et, comme mon père n'était pas très bien depuis quelque temps, je ne voulais pas l'alarmer.

Je me sentis assez rassurée en compagnie de l'excellente Mme Perrodon et de l'espiègle[1] Mlle De Lafontaine, mais toutes deux s'aperçurent que j'étais inquiète et abattue, et je finis par leur raconter ce qui me pesait si lourdement sur le cœur.

Mlle De Lafontaine se mit à rire, tandis que Mme Perrodon manifestait, me sembla-t-il, une certaine anxiété.

«À propos, dit Mlle De Lafontaine d'un ton moqueur, la longue avenue de tilleuls sur laquelle donne la fenêtre de la chambre de Carmilla est, paraît-il, hantée !

– Quelle sottise ! s'exclama Mme Perrodon, jugeant sans doute ce propos inopportun. Et qui donc raconte cela, ma chère amie ?

– Martin. Il prétend être sorti deux fois, alors qu'on réparait la vieille barrière de la cour avant le lever du soleil, et avoir vu chaque fois une forme féminine se déplacer le long de cette avenue.

– Cela n'a rien de surprenant, étant donné qu'il y a des vaches à traire dans les prés au bord de la rivière.

– Sans doute ; mais Martin juge bon d'avoir peur, et je n'ai jamais vu un imbécile à ce point terrifié.

– Il ne faut pas souffler mot de tout ceci à Carmilla, déclarai-je, car elle voit cette avenue d'un bout à l'autre depuis sa fenêtre, et elle est, si possible, encore plus poltronne[2] que moi.»

Ce jour-là, mon amie descendit beaucoup plus tard que de coutume.

«J'ai eu affreusement peur la nuit dernière, me dit-elle dès que nous fûmes seules ensemble ; et j'aurais vu, j'en suis certaine, une

---

1. *Espiègle* : malicieuse.
2. *Poltronne* : peureuse.

chose effroyable si je n'avais pas eu le talisman que j'ai acheté à ce pauvre petit bossu contre lequel j'ai proféré des paroles si dures.

Après avoir rêvé qu'une forme noire faisait le tour de mon lit, je me suis réveillée, au comble de l'horreur, et j'ai vraiment cru distinguer, pendant quelques secondes, une silhouette sombre près de la cheminée. Alors, j'ai cherché à tâtons mon talisman sous l'oreiller, et, dès que je l'ai eu touché de mes doigts, l'apparition s'est évanouie. Mais, je te le répète, je suis sûre que si je n'avais pas eu ce charme près de moi, une effroyable créature aurait surgi et m'aurait peut-être étranglée, comme elle a étranglé ces pauvres femmes dont nous avons entendu parler.

– À présent, écoute-moi», lui dis-je.

Et je lui racontai mon aventure, dont le récit parut l'épouvanter.

«Avais-tu le talisman près de toi ? me demanda-t-elle vivement.

– Non, je l'avais jeté dans un vase de porcelaine dans le salon. Mais je ne manquerai pas de le prendre avec moi cette nuit, puisque tu crois si fort à son pouvoir.»

Après tant d'années, je ne saurais dire (ou même comprendre) comment je parvins à surmonter mon horreur au point de coucher seule dans ma chambre ce soir-là. Je me rappelle nettement que j'épinglai le talisman à mon oreiller. Je sombrai presque aussitôt dans le sommeil, et je dormis encore plus profondément que d'habitude.

La nuit suivante fut aussi tranquille : je goûtai à nouveau un repos délicieux et sans rêves. Mais, à mon réveil, j'éprouvai une sensation de lassitude et de mélancolie qui, cependant, était assez douce pour provoquer en moi une espèce de volupté.

«Je te l'avais bien dit, déclara Carmilla lorsque je lui eus décrit mon paisible sommeil. Moi-même j'ai dormi divinement la nuit dernière. J'avais épinglé le talisman à ma chemise, car, l'autre nuit, il était encore trop loin de moi. Je suis certaine que nous avons tout imaginé, à l'exception des rêves eux-mêmes. Autrefois, je croyais que les mauvais esprits engendraient les rêves, mais notre médecin m'a affirmé qu'il n'en était rien. "C'est simplement, m'a-t-il dit, une fièvre ou une maladie qui frappe à notre porte (comme cela arrive souvent) et qui, ne parvenant pas à entrer, passe son chemin en nous laissant cette inquiétude."

80 – Et, selon toi, en quoi consiste ce talisman ?

– On a dû lui faire subir des fumigations [1], ou bien le plonger dans quelque drogue, et c'est un antidote contre la malaria [2].

– Dans ce cas, il n'agit que sur le corps ?

– Bien sûr. Crois-tu donc que les mauvais esprits se laissent
85 effrayer par des bouts de rubans ou des parfums de droguiste ? Non, ces maux qui errent dans les airs commencent par attaquer les nerfs, puis gagnent le cerveau ; mais avant qu'ils puissent s'emparer de tout notre être, l'antidote les repousse. Voilà, j'en suis certaine, ce que le talisman a fait pour nous. Il n'y a là rien de
90 magique : c'est tout simplement naturel. »

Je me serais sentie plus heureuse si j'avais pu partager entièrement cette opinion de Carmilla ; à tout le moins, je m'y efforçai de mon mieux, et l'impression que j'avais ressentie à mon lever perdit un peu de sa force.

95 Je dormis profondément pendant plusieurs nuits consécutives ; mais, chaque matin, j'éprouvais la même lassitude, et un grand poids de langueur m'accablait tout au long du jour. Je me sentais complètement transformée. En moi s'insinuait une étrange mélancolie dont je ne désirais pas voir la fin. De vagues
100 pensées de mort firent leur apparition ; l'idée que je déclinais lentement s'empara de mon esprit, m'apportant je ne sais quelle douce joie. Si triste que fût cette idée, elle créait en moi un état d'esprit fort agréable, et mon âme s'y abandonnait sans la moindre résistance.

---

1. *Fumigations* : fumée ou vapeur créée par certaines substances brûlées ou chauffées pour désinfecter un local ou un objet.
2. *Malaria* : maladie, aussi appelée paludisme, transmise par certains moustiques et fréquente dans les régions marécageuses, qui provoque de violentes fièvres.

105 Je refusais d'admettre que j'étais malade ; je ne voulais rien dire à mon père, ni faire venir le médecin.

Carmilla me témoignait plus d'attachement que jamais, et ses étranges paroxysmes [1] d'adoration languide se faisaient plus fréquents. À mesure que mes forces et mon entrain déclinaient,
110 elle me dévorait du regard avec une ardeur croissante. Ceci ne manquait jamais de me bouleverser comme une crise fulgurante de folie passagère.

Sans m'en rendre compte, je me trouvais à un stade assez avancé de la plus bizarre maladie qui eût jamais affligé un être
115 humain. Ses premiers symptômes avaient exercé sur moi une fascination inexplicable qui me permettait d'accepter la débilité [2] physique dont je souffrais à présent. Pendant quelque temps, cette fascination ne cessa pas de croître pour atteindre enfin un certain degré où elle s'accompagna d'un sentiment d'horreur qui,
120 peu à peu, prit une force suffisante pour flétrir et dénaturer toute mon existence.

Le premier changement que je subis me parut assez agréable : et pourtant, il était bien proche du tournant où commençait la descente aux Enfers.
125 J'éprouvai, pendant mon sommeil, de vagues et curieuses sensations. La plus fréquente était ce frisson glacé très particulier que l'on ressent quand on nage à contre-courant dans une rivière. Il s'accompagna bientôt de rêves interminables, si confus que je ne parvenais jamais à me rappeler leur décor ni leurs
130 personnages, ni aucune partie cohérente de leur action. Mais ils me laissaient une impression affreuse, ainsi qu'une sensation d'épuisement, comme si j'avais passé par une longue période de danger et de grande tension mentale. À mon réveil, à la suite de ces rêves, je gardais le souvenir de m'être trouvée dans un lieu
135 plein de ténèbres, et d'avoir conversé avec des êtres invisibles ;

---

1. *Paroxysmes* : moments les plus intenses d'un phénomène.
2. *Débilité* : faiblesse.

je me rappelais tout particulièrement une voix féminine très distincte, lente, au timbre grave, qui semblait venir de fort loin et ne manquait jamais de m'inspirer une indicible [1] terreur solennelle. Parfois, je sentais une main glisser lentement sur ma joue et sur mon cou. Parfois encore, des lèvres brûlantes couvraient mon visage de baisers qui se faisaient plus appuyés et plus amoureux à mesure qu'ils atteignaient ma gorge où se fixait leur caresse. Les battements de mon cœur s'accéléraient ; je respirais plus vite et plus profondément. Puis survenait une crise de sanglots qui me donnait une sensation d'étranglement et se transformait enfin en une convulsion [2] effroyable au cours de laquelle je perdais l'usage de mes sens [3].

Cet état inexplicable dura vingt et un jours. Pendant la dernière semaine, mes souffrances avaient altéré mon aspect physique. J'étais devenue très pâle ; j'avais les yeux dilatés et cernés ; l'extrême lassitude que je ressentais depuis si longtemps commençait à se manifester sur mon visage.

Mon père me demandait souvent si j'étais malade ; mais, avec un entêtement que j'ai du mal à comprendre aujourd'hui, je persistais à lui affirmer que je me portais à merveille.

En un sens, je disais vrai. Je n'éprouvais aucune douleur ; je ne pouvais me plaindre d'aucun trouble organique [4]. Mon mal semblait être un effet de mon imagination ou de mes nerfs. Si terribles que fussent mes souffrances, j'observais une réserve morbide [5] à leur sujet, et je ne m'en ouvrais à personne.

Je n'étais sûrement pas victime de ce terrible fléau que les paysans nomment l'oupire, car, alors que je dépérissais depuis trois

---

1. *Indicible* : inexprimable.

2. *Convulsion* : spasme, contraction violente, involontaire et saccadée des muscles.

3. *Je perdais l'usage de mes sens* : je m'évanouissais.

4. *Organique* : ici, physique.

5. *Morbide* : malsaine, perverse.

semaines, leur maladie ne durait pas plus de trois jours : après quoi, la mort mettait fin à leur torture.

165 Carmilla se plaignait, elle aussi, de rêves et de sensations de fièvres, mais son état était beaucoup moins alarmant que le mien. À vrai dire, il y avait tout lieu de s'inquiéter grandement à mon sujet. Si j'eusse compris cela, j'aurais demandé à genoux aide et conseil. Malheureusement, le narcotique[1] d'une influence cachée
170 agissait sur moi et engourdissait tous mes sens.

Je vais à présent vous relater[2] un rêve qui fut la cause immédiate d'une étrange découverte.

Une nuit, la voix que j'avais coutume d'entendre au cœur des ténèbres fut remplacée par une autre, mélodieuse et tendre
175 aussi bien que terrible, qui prononçait les paroles suivantes : «Ta mère t'avertit de prendre garde à l'assassin.» Au même instant, une lumière soudaine jaillit devant mes yeux, et je vis Carmilla, debout près de mon lit, vêtue de sa chemise de nuit blanche, baignant du menton jusqu'aux pieds dans une immense tache
180 de sang.

Je m'éveillai en hurlant, en proie à l'idée qu'on assassinait mon amie. Je me rappelle avoir sauté au bas de mon lit, puis je me revois debout dans le couloir, en train de crier au secours.

Mme Perrodon et Mlle De Lafontaine sortirent de leurs cham-
185 bres en toute hâte. Comme une lampe brûlait toujours dans le couloir, elles eurent tôt fait de me rejoindre et d'apprendre la cause de ma terreur.

J'insistai pour que nous allions frapper à la porte de Carmilla. Rien ne répondit à nos coups. Nous martelâmes le battant, de
190 toutes nos forces en criant son nom, mais ce vacarme ne donna aucun résultat.

---

1. _Narcotique_ : substance, phénomène (ici, influence) aux pouvoirs engourdissants ; somnifère.
2. _Relater_ : raconter.

Alors nous prîmes peur car la porte était fermée à clé. En proie à une véritable panique, nous gagnâmes ma chambre où nous nous mîmes à sonner frénétiquement[1] les domestiques. Si
195 la chambre de mon père s'était trouvée de ce côté de la maison, nous l'aurions appelé aussitôt à notre aide. Mais, malheureusement, il ne pouvait pas nous entendre, et aucune d'entre nous n'avait assez de courage pour aller le chercher si loin.

Les domestiques ne tardèrent pas à monter l'escalier en cou-
200 rant. Dans l'intervalle, j'avais mis mon peignoir et mes mules[2] (mes compagnes étant déjà équipées de la même façon). Quand nous eûmes reconnu les voix de nos gens dans le couloir, nous sortîmes toutes les trois. Après que nous eûmes renouvelé en vain nos appels devant la porte de Carmilla, j'ordonnai aux hommes
205 de forcer la serrure. Dès qu'ils m'eurent obéi, nous restâmes dans l'encadrement de la porte, tenant nos lampes à bout de bras, et nous regardâmes dans la chambre.

Nous criâmes encore une fois le nom de Carmilla sans obtenir de réponse. Puis, nous examinâmes la pièce : elle était exacte-
210 ment dans l'état où je l'avais laissée après avoir dit bonsoir à mon amie. Mais celle-ci avait disparu.

VIII
Recherches

À la vue de cette chambre où le seul désordre visible avait été causé par notre entrée brutale, nous commençâmes à nous calmer et retrouvâmes bientôt assez d'équilibre pour renvoyer les domestiques. Mlle De Lafontaine s'était mis en tête que notre
5 vacarme devant la porte avait peut-être réveillé Carmilla qui, sous

---

1. *Frénétiquement* : de façon presque démente.
2. *Mules* : fines pantoufles.

l'effet de la terreur, avait cherché refuge dans une armoire ou derrière un rideau : cachette d'où elle ne pouvait sortir, naturellement, en présence du majordome [1] et de ses myrmidons [2]. Après leur départ, nous reprîmes nos recherches et nos appels, mais sans aucun résultat.

Notre angoisse et notre perplexité redoublèrent. Nous examinâmes les fenêtres : elles étaient hermétiquement closes. J'implorai Carmilla, dans le cas où elle serait cachée, de cesser ce jeu cruel et de se montrer pour mettre fin à notre anxiété. Ce fut en vain. J'avais maintenant la conviction qu'elle ne pouvait se trouver ni dans la chambre ni dans le cabinet de toilette dont la porte était fermée à clé de notre côté, si bien qu'elle n'avait pu emprunter cette voie. Je ne savais plus que penser. Carmilla avait-elle découvert un de ces passages secrets qui, s'il fallait en croire notre vieil intendant [3], existaient bel et bien, quoique l'on eût oublié la tradition relatant leur emplacement exact ? Sans aucun doute tout finirait par s'expliquer, malgré notre incertitude présente.

Il était plus de quatre heures, et je préférai aller attendre l'aube dans la chambre de Mme Perrodon. Mais la lumière du jour n'apporta aucune solution.

De grand matin, toute la maisonnée, mon père en tête, fut en effervescence. On fouilla le château de fond en comble et on explora le parc sans trouver la moindre trace de la disparue. On se prépara enfin à draguer la rivière [4]. Mon père était au désespoir :

---

1. *Majordome* : domestique qui a en charge l'organisation du service et du travail de tous les autres serviteurs.
2. *Myrmidons* : personnes de petite taille et insignifiantes. Ici, il semble que la narratrice évoque les domestiques qui sont sous l'autorité du majordome (effet renforcé par le possessif «ses»).
3. *Intendant* : personne dont la fonction est la gestion matérielle d'une maison ou d'un domaine.
4. *Draguer la rivière* : racler le fond de la rivière (à la recherche du corps de Carmilla).

qu'allait-il dire à la mère de Carmilla quand elle reviendrait ? Quant à moi, j'étais éperdue de chagrin, bien que ma douleur fût d'une tout autre nature.

La matinée se passa ainsi dans l'angoisse et l'agitation. À une
35 heure de l'après-midi, nous n'avions toujours pas de nouvelles. Je montai en courant jusqu'à la chambre de Carmilla et trouvai mon amie debout devant sa table de toilette. Frappée de stupeur, je ne parvenais pas à en croire mes yeux. Sans mot dire, elle me fit signe du doigt d'approcher. Son visage exprimait une terreur
40 extrême.

Folle de joie, je courus vers elle, la serrai dans mes bras et lui prodiguai mes baisers. Puis j'agitai furieusement la sonnette pour faire monter quelqu'un qui pourrait aussitôt délivrer mon père de son angoisse.

45 «Carmilla chérie, qu'étais-tu devenue pendant tout ce temps ? m'écriai-je. Tu nous as fait mourir d'inquiétude. Où es-tu allée ? Comment as-tu fait pour rentrer ?

– Il s'est passé des choses étonnantes la nuit dernière, répondit-elle.

50 – Pour l'amour du ciel, explique-moi tout ce que tu es capable d'expliquer.

– Il était plus de deux heures du matin lorsque je me suis endormie dans mon lit, comme d'habitude, après avoir fermé à clé mes deux portes : celle du cabinet de toilette et celle du
55 couloir. Autant que je sache, j'ai goûté un sommeil ininterrompu et sans rêve. Or, je viens de me réveiller, étendue sur le sofa, et j'ai trouvé la porte de communication ouverte et l'autre forcée. Comment tout cela a-t-il pu se produire sans que je fusse réveillée ? Car enfin, il a dû y avoir pas mal de bruit, et j'ai le
60 sommeil particulièrement léger. De plus, comment ai-je pu être transportée hors de mon lit tout en continuant à dormir, moi qui tressaille au moindre mouvement ? »

À ce moment, Mme Perrodon, Mlle De Lafontaine, mon père et plusieurs domestiques pénétrèrent dans la pièce. Naturellement,

65 Carmilla fut accablée de questions, de congratulations[1], de paroles de bienvenue. Elle ne put que raconter à nouveau la même histoire, et parut moins capable que personne de fournir une explication des événements de la nuit précédente.

Mon père se mit à arpenter[2] la pièce d'un air pensif. Je vis
70 mon amie lui jeter à la dérobée un regard sombre.

Au bout de quelques instants, les domestiques se retirèrent, puis Mlle De Lafontaine s'en fut chercher un flacon de sels[3] et de valériane[4]. Mon père se trouva seul dans la chambre, avec Carmilla, Mme Perrodon et moi. Alors, il se dirigea vers son
75 amie, lui prit la main d'un geste plein de douceur, la conduisit jusqu'au sofa, et s'assit à côté d'elle.

«Me pardonnerez-vous, ma chère enfant, dit-il de hasarder une hypothèse et de vous poser une question?

– Vous en avez le droit plus que personne d'autre. Demandez-
80 moi tout ce que vous voudrez, je vous répondrai sans rien vous cacher. Mais mon histoire n'est que ténèbres et confusion. Je ne sais absolument rien. Interrogez-moi à votre guise, en tenant compte, pourtant, des restrictions que ma mère m'a imposées.

– Ne craignez rien, ma chère enfant : je n'ai pas besoin d'abor-
85 der les sujets sur lesquels vous devez observer le silence. Ce qui semble prodigieux dans les événements de la nuit dernière, c'est que vous ayez pu être transportée hors de votre lit et de votre chambre sans que cela vous éveille, alors que les fenêtres étaient hermétiquement closes, et les deux portes fermées à clé de l'inté-
90 rieur. Je vais vous poser une seule question, puis je vous exposerai ma théorie sur ce mystère.»

---

1. *Congratulations* : ici, témoignages de joie.
2. *Arpenter* : parcourir en tous sens.
3. Jusqu'au XIXᵉ siècle, les sels, petits cristaux chimiques à l'odeur puissante (il s'agissait, le plus souvent, de carbonate d'ammoniaque), servaient à réveiller les personnes évanouies ou à revigorer celles qui se trouvaient mal.
4. *Valériane* : racine utilisée en pharmacologie ancienne pour ses propriétés calmantes.

Carmilla, l'air très abattu, appuyait sa tête sur sa main ; Mme Perrodon et moi, nous écoutions en retenant notre souffle.

«Voici donc ma question : vous a-t-on jamais soupçonnée
95 d'être somnambule ?

– Pas depuis ma plus tendre enfance.

– Mais, à cette époque, vous avez eu des accès de somnambulisme ?

– Oui, j'en suis sûre. Ma vieille nourrice me l'a souvent dit.»
100 Mon père hocha la tête en souriant.

«En ce cas, je peux vous expliquer ce qui s'est passé. Vous vous êtes levée tout endormie et vous avez ouvert votre porte ; mais, au lieu de laisser la clé à sa place, vous l'en avez retirée pour la tourner ensuite dans la serrure *de l'extérieur*. Après quoi, vous
105 l'avez retirée à nouveau et vous l'avez emportée avec vous jusqu'à l'une des quelque vingt-cinq pièces de cette aile, ou peut-être à l'étage supérieur ou à l'étage inférieur. Il y a ici tant de chambres et de cabinets, tant de meubles massifs, et une telle accumulation de débarras, qu'il faudrait toute une semaine pour inspecter cette
110 vieille demeure de fond en comble. Comprenez-vous, maintenant, ce que je veux dire ?

– Oui, mais pas entièrement.

– Et comment expliquez-vous, papa, qu'elle se soit retrouvée sur le sofa, dans le cabinet de toilette que nous avions examiné
115 minutieusement ?

– Elle y est venue après votre inspection, toujours endormie, et sa présence dans cette pièce n'a étonné personne autant qu'elle-même. Je voudrais bien que tous les mystères fussent éclaircis d'une façon aussi simple et aussi normale, conclut mon père en riant. Nous
120 pouvons nous féliciter du fait que l'explication la plus naturelle de cette aventure exclut l'emploi de soporifiques[1] ou de fausses clés, l'intervention de cambrioleurs, d'empoisonneurs ou de sorcières ; si bien qu'aucun d'entre nous n'a lieu de se croire en danger.»

---

1. *Soporifiques* : somnifères.

Pendant qu'il prononçait ces mots, il tenait les yeux fixés sur
125 Carmilla qui était particulièrement ravissante. Rien n'aurait pu
égaler l'éclat de son teint, et sa beauté semblait rehaussée par
cette gracieuse langueur qui lui appartenait en propre. Je suppose
que mon père devait comparer dans son esprit la mine de ma
compagne avec la mienne, car il ajouta en soupirant :
130   «Je voudrais bien que ma pauvre Laura retrouvât ses couleurs
d'autrefois.»
C'est ainsi que nos craintes prirent fin le mieux du monde et
que Carmilla nous fut rendue.

IX
Le médecin

Mon amie ne voulant à aucun prix que quelqu'un partageât
sa chambre, mon père fit coucher une des domestiques devant sa
porte, de façon qu'elle ne pût entreprendre une nouvelle escapade
sans être arrêtée aussitôt.
5   La nuit fut très calme. Le lendemain matin, de bonne heure,
le médecin, que mon père avait mandé[1] sans m'en avertir, vint
me rendre visite.
Mme Perrodon m'accompagna dans la bibliothèque où m'attendait le praticien[2] dont j'ai déjà parlé, petit homme aux che-
10 veux blancs, à l'air sérieux, portant lunettes.
Pendant que je lui recontais mon histoire, son visage devint
de plus en plus grave.
Nous étions debout, face à face, dans l'enfoncement d'une
fenêtre. Quand j'eus fini de parler, il appuya ses épaules contre le

---

1. *Avait mandé* : avait envoyé chercher.
2. *Praticien* : médecin.

¹⁵ mur et fixa sur moi un regard attentif, avec un profond intérêt où se mêlait une certaine horreur.

Après quelques instants de réflexion, il demanda à voir mon père.

On envoya chercher ce dernier qui, dès son arrivée, déclara ²⁰ en souriant :

«Je suppose, docteur, que vous allez me dire que je suis un vieil imbécile de vous avoir fait venir : je le suppose, et, de plus, je l'espère.»

Mais son sourire s'évanouit lorsque le médecin, d'un air tou-²⁵ jours aussi grave, lui fit signe d'approcher.

Les deux hommes conférèrent pendant quelque temps dans le même enfoncement où je venais de m'entretenir avec le praticien. Leur conversation semblait très sérieuse et très animée. La pièce est très grande, et Mme Perrodon et moi nous trouvions à ³⁰ l'autre extrémité. En conséquence, nous ne pûmes entendre le moindre mot, en dépit de notre curiosité dévorante. D'ailleurs, les deux interlocuteurs parlaient à voix très basse, et nous ne les voyions presque pas : le médecin disparaissait complètement dans le réduit devant la fenêtre, et on n'apercevait de mon père ³⁵ qu'un pied, un bras et une épaule. Quant aux voix, elles devaient être étouffées par l'espèce de cabinet que formaient la fenêtre et les deux murs épais.

Enfin, le visage de mon père apparut : il était blême, pensif, et, me sembla-t-il, profondément troublé.

⁴⁰ «Laura, ma chérie, dit-il, viens donc un peu ici. Quant à vous, madame Perrodon, nous n'avons pas lieu de vous retenir plus longtemps.»

J'avoue que j'éprouvai pour la première fois une légère inquié-tude, car, jusqu'alors, je ne me sentais pas malade, bien que je ⁴⁵ fasse très faible : or, nous nous imaginons toujours que nous pouvons reprendre des forces quand il nous plaît.

Mon père me tendit la main à mon approche, mais il garda les yeux fixés sur le médecin.

«En vérité, c'est fort étrange, déclara-t-il, et je ne puis le comprendre. Viens, ma petite Laura ; écoute bien le docteur Spielsberg
et tâche de rassembler tes souvenirs.

– Vous m'avez dit, commença le médecin, que, la nuit où vous
avez fait votre premier cauchemar, vous aviez eu l'impression
que deux aiguilles vous perçaient la peau du cou. Éprouvez-vous
encore une sensation de douleur ?

– Non, pas la moindre.

– Pouvez-vous me montrer du doigt le point précis où vous
croyez que cela s'est produit ?

– Juste au-dessous de la gorge, ici même.»

Je portais une robe du matin qui cachait l'endroit que je dési-
gnais.

«Mon ami, dit le médecin à mon père, vous allez pouvoir dissiper tous vos doutes… Mon enfant, poursuivit-il à mon adresse,
vous voulez bien, n'est-ce pas, que votre papa dégrafe un peu
le haut de votre robe ? C'est indispensable pour déceler un des
symptômes du mal dont vous souffrez.»

J'y consentis aussitôt. L'endroit se trouvait à deux pouces
environ au-dessous de l'encolure.

«Grand Dieu, c'est donc vrai ! s'écria mon père en devenant
plus pâle.

– Vous pouvez le constater de vos propres yeux, déclara le
médecin d'un ton de triomphe lugubre [1].

– Qu'y a-t-il donc ? demandai-je, en commençant à prendre
peur.

– Rien, ma chère enfant ; rien d'autre qu'une tache bleue, à
peine aussi grosse que le bout de votre petit doigt… Et maintenant, poursuivit-il en se tournant vers mon père, il nous reste à
savoir ce que nous avons de mieux à faire.

– Mes jours sont-ils en danger ?

---

1. *Lugubre* : qui exprime une grande tristesse.

80   – J'espère bien que non. Je ne vois pas pourquoi vous ne guéririez pas, ni pourquoi votre état ne commencerait pas à s'améliorer dès aujourd'hui. C'est donc là le point où vous éprouvez une sensation d'étranglement ?

    – Oui.

85   – Et ce même point est le centre du frisson que vous m'avez décrit tout à l'heure, semblable à celui que l'on ressent quand on nage à contre-courant dans une rivière très froide ?

    – Cela se peut ; je crois que c'est exact.

    – Vous voyez ? reprit-il en se tournant vers mon père. Me permettez-vous de dire un mot à Mme Perrodon ?

90

    – Bien sûr. »

Dès que ma gouvernante fut arrivée, le médecin lui parla en ces termes :

« L'état de ma jeune amie ici présente laisse beaucoup à désirer.

95 J'espère que ce ne sera rien de très grave, mais il faudra prendre certaines mesures que je vous exposerai plus tard. En attendant, madame, veuillez avoir la bonté de ne pas quitter Mlle Laura un seul instant. C'est la seule prescription que j'aie à donner pour le présent, mais elle est formelle.

100   – Je sais que nous pouvons compter sur votre affectueuse obligeance, madame Perrodon, ajouta mon père.

    – Quant à toi, ma chère Laura, je sais que tu te conformeras à la prescription de ton médecin. À ce propos, docteur, je veux vous demander votre avis au sujet d'une autre malade qui pré-

105 sente des symptômes assez semblables, bien que moins violents, à ceux que Laura vient de vous décrire. Il s'agit d'une jeune fille qui séjourne chez nous. Puisque vous devez repasser par ici ce soir, vous ne sauriez mieux faire que de partager notre dîner. À ce moment-là, vous pourrez l'examiner. Elle ne descend jamais

110 avant le début de l'après-midi.

    – Je vous remercie de votre invitation. Je serai chez vous ce soir à sept heures. »

Les deux hommes répétèrent leurs instructions à Mme Perrodon et à moi-même, puis, après ces dernières recommandations, mon

115 père raccompagna le médecin. Je les vis arpenter pendant un bon moment le terre-plein entre la route et le fossé, absorbés dans une conversation très sérieuse.

Le praticien ne revint pas. Je le vis enfourcher son cheval, prendre congé de son interlocuteur, et s'éloigner dans la forêt en

120 direction de l'est. Presque au même instant arriva le courrier de Dranfeld qui remit le sac de lettres à mon père.

Pendant ce temps, Mme Perrodon et moi nous nous perdions en hypothèses sur les étranges et graves instructions que le docteur et mon père nous avaient imposées de concert. La gouvernante

125 (comme elle me le révéla plus tard) craignait que le praticien ne redoutât une attaque soudaine au cours de laquelle je pourrais perdre la vie ou me blesser gravement, si l'on ne me prodiguait pas des soins immédiats.

Cette interprétation ne me vint pas à l'esprit. J'imaginais seu-

130 lement (et cela valait mieux pour mes nerfs) qu'on avait arrêté ces dispositions pour me donner une compagne qui m'empêcherait de prendre trop d'exercice, ou de manger des fruits verts, ou de faire une des milles sottises auxquelles les jeunes gens sont censés être enclins.

135 Une demi-heure plus tard, mon père entra, une feuille de papier à la main.

« Cette lettre a été retardée, me dit-il. C'est le général Spielsdorf qui me l'envoie. Il aurait pu être ici hier ; peut-être arrivera-t-il aujourd'hui ou demain. »

140 Il me remit la lettre, mais il n'avait pas cet air satisfait qu'on lui voyait quand un hôte (et surtout un hôte aussi cher à son cœur que le général) annonçait sa venue. Bien au contraire, il semblait désirer que son vieil ami se fût trouvé au fond de la mer Rouge. De toute évidence, il était en proie à une préoccupation qu'il ne

145 lui plaisait pas de révéler.

Je posai ma main sur son bras, lui jetai un regard suppliant, et lui demandai d'une voix tremblante :

«Papa chéri, voudrez-vous répondre à une question de votre fille ?

150 — Peut-être, dit-il en me caressant les cheveux.

— Est-ce que le docteur me trouve très malade ?

— Non, ma chérie. Il pense que, si l'on prend les mesures voulues, tu seras parfaitement rétablie (ou, du moins, sur la voie d'un rétablissement complet) dans un jour ou deux, répondit-il 155 d'un ton assez sec. J'aurais bien voulu que notre bon ami, le général, eût choisi un autre moment pour nous rendre visite... Enfin, disons que j'aurais voulu que tu fusses en parfaite santé pour le recevoir.

— Mais, voyons, papa, de quel mal le docteur me croit-il 160 atteinte ?

— D'aucun ; ne me harcèle pas ainsi», répliqua-t-il en manifestant plus d'irritation que je ne lui en avais jamais vu montrer.

Puis, s'étant aperçu, je suppose, que j'avais l'air peiné, il ajouta après m'avoir embrassée :

165 «D'ici un jour ou deux, tu sauras tout : du moins, tout ce que je sais. En attendant, ne te tourmente pas à ce sujet.»

Il fit demi-tour et sortit de la pièce ; mais, alors que j'étais encore sous le coup de l'étonnement causé par son étrange attitude, il rentra pour me dire qu'il se rendait à Karnstein. Il avait demandé 170 que la voiture fût prête à midi, et Mme Perrodon et moi devions l'accompagner. Il allait voir pour affaires le prêtre qui habitait près de ce lieu pittoresque. Comme Carmilla n'avait encore jamais vu l'endroit, elle pourrait, quand elle serait descendue de sa chambre, nous rejoindre en compagnie de Mlle De Lafontaine : toutes deux 175 apporteraient ce qu'il faudrait pour nous permettre de faire un pique-nique dans les ruines du château.

En conséquence, je fus prête à midi sonnant. Peu de temps après, mon père, Mme Perrodon et moi, nous partîmes pour la promenade projetée. Après avoir franchi le pont-levis, nous tour-

180 nâmes à droite et suivîmes la route en direction de l'ouest pour gagner le village abandonné et le château en ruine de Karnstein.

Aucune promenade sous bois ne saurait être plus charmante. C'est une succession de vallons et de collines en pente douce, complètement recouverts d'arbres splendides dépourvus de cette 185 raideur que donnent les plantations artificielles et l'émondage[1].

Les accidents du terrain font souvent dévier la route de la ligne droite, l'obligeant à serpenter au bord de ravins escarpés, le long de murailles rocheuses, au milieu de paysages d'une variété presque inépuisable.

190 À l'un de ces tournants, nous rencontrâmes soudain notre vieil ami, le général Spielsdorf, qui chevauchait vers nous, accompagné d'un domestique. Ses bagages suivaient dans une carriole.

Le général mit pied à terre au moment même où nous nous arrêtions. Après l'échange de politesses habituel, il se laissa aisé-195 ment convaincre d'accepter un siège libre dans notre voiture et d'envoyer au château son domestique et son cheval.

X
Un deuil affreux

Nous n'avions pas vu notre ami depuis près de dix mois, mais, dans ce laps de temps, il avait beaucoup maigri. Son visage, autrefois empreint d'une cordialité paisible, exprimait maintenant la tristesse et l'angoisse. Dans ses yeux bleu sombre au regard 5 pénétrant brillait une lueur plus dure sous ses épais sourcils gris. Ce n'était pas une de ces métamorphoses que le chagrin seul suffit d'habitude à opérer : elle paraissait due aussi à des passions plus violentes.

---

1. *Émondage* : action de débarrasser un arbre de rameaux morts, de branches qui gênent sa croissance ou de plantes parasites.

À peine nous étions-nous remis en route qu'il commença, avec
10 sa brusquerie habituelle de vieux soldat, à nous parler du deuil
affreux qu'il avait subi en perdant sa nièce et pupille bien-aimée.
Puis, sur un ton d'amertume et de fureur intenses, il se répandait
en invectives[1] contre les «artifices diaboliques» dont elle avait
été victime, et, avec plus d'exaspération que de piété, il s'étonna
15 que le Ciel pût permettre un si monstrueux assouvissement des
appétits abominables de l'Enfer.

Ayant aussitôt compris qu'il s'était produit un événement tout
à fait hors du commun, mon père le pria de nous relater (si cela
ne devait pas lui être trop douloureux) les faits qui justifiaient, à
20 son estime, les termes violents dont il venait de se servir.

«Je me ferais un plaisir de tout vous raconter, répondit le général, mais vous ne me croiriez pas.

– Pourquoi donc?

– Parce que vous ne croyez à rien de ce qui est incompatible
25 avec vos préjugés et vos illusions. Je me rappelle un temps où j'étais
comme vous, mais, depuis lors, j'ai changé ma façon de voir.

– Mettez-moi à l'épreuve, mon cher ami. Je ne suis pas aussi
dogmatique[2] que vous semblez l'imaginer. De plus, je sais fort
bien qu'il vous faut généralement de fortes preuves pour admet-
30 tre qu'une chose est vraie; c'est pourquoi je suis tout disposé à
respecter vos conclusions.

– Vous avez raison de supposer que je ne me suis pas laissé
entraîner à la légère à croire au surnaturel (car mon aventure est
bel et bien surnaturelle) : seules, des preuves indiscutables m'ont
35 contraint à ajouter foi à une chose qui allait à l'encontre de toutes
mes théories. J'ai été la dupe[3] d'un complot ourdi[4] par des puis-
sances d'outre-monde.»

---

1. *Invectives* : violentes injures.
2. *Dogmatique* : tranchant, catégorique qui n'accepte pas de remettre en
cause ses jugements, croyances et opinions.
3. *Dupe* : victime (nom toujours féminin).
4. *Ourdi* : organisé.

Bien qu'il eût affirmé avoir pleine confiance en la sûreté de jugement du général, mon père, en entendant ces mots, jeta à son
40 vieil ami un coup d'œil où je crus discerner un doute sérieux sur son état mental.

Fort heureusement, son interlocuteur n'y prit pas garde. Il contemplait d'un air sombre les clairières et les échappées à travers bois qui s'offraient à nos yeux.

45 «Vous allez donc au vieux château de Karnstein ? reprit-il. C'est là une heureuse coïncidence, car je me proposais de vous prier de m'y conduire. J'ai un motif précis de l'explorer. Il y a bien une chapelle en ruine, n'est-ce pas, et plusieurs tombes des membres de cette famille aujourd'hui éteinte ?

50 – C'est exact, et l'ensemble représente un grand intérêt. J'espère que vous songez à revendiquer le titre et le domaine... »

Mon père avait prononcé cette dernière phrase en guise de plaisanterie, mais le général parut avoir oublié que la plaisanterie d'un ami appelle un rire ou, à tout le moins, un sourire. Au
55 contraire, il prit un air encore plus sombre et plus farouche, car il devait méditer sur un sujet qui suscitait sa colère et son horreur.

«Mon intention est tout autre, grommela-t-il. Je me propose d'exhumer [1] quelques-uns de ces nobles personnages. J'espère pouvoir accomplir, avec la bénédiction du Seigneur, un pieux
60 sacrilège qui débarrassera la terre de certains monstres et permettra aux honnêtes gens de dormir dans leur lit sans risquer d'être attaqués par des assassins. Mon cher ami, j'ai à vous raconter des choses bien étranges que j'aurais moi-même jugées absolument incroyables il y a quelques mois.»

65 Mon père le regarda à nouveau ; mais, cette fois, au lieu de lire le doute dans ses yeux, j'y discernai une lueur de compréhension inquiète.

«Il y a près d'un siècle que la famille Karnstein est éteinte, dit-il. Ma chère femme en descendait par sa mère, mais le nom et

---

1. *Exhumer* : déterrer.

70 le titre n'existent plus depuis longtemps. Le château est en ruine, et le village, abandonné. La dernière cheminée a cessé de fumer il y a cinquante ans au moins. À l'heure actuelle, il ne subsiste plus un seul toit.

– Tout cela confirme ce que j'ai déjà entendu dire. J'ai appris
75 beaucoup de choses depuis notre dernière rencontre, mon cher ami ; beaucoup de choses qui vous surprendront grandement. Mais je ferais mieux de relater les faits dans l'ordre où ils ont eu lieu. Vous connaissiez ma chère pupille, – celle que je peux appeler ma fille. Aucune créature ne fût jamais plus belle, et, il y a trois
80 mois à peine, elle jouissait d'une santé florissante.

– Pauvre petite ! Je l'ai trouvée parfaitement adorable la dernière fois que je l'ai vue. La nouvelle de sa mort m'a bouleversé plus que je ne saurais vous le dire, et je sais que ce deuil vous a porté un coup terrible. »

85 Mon père prit la main du général, et la serra affectueusement. Les yeux du vieux soldat s'emplirent de larmes qu'il n'essaya pas de cacher. Après quoi, il poursuivit en ces termes :

« Nous sommes des amis de très longue date. Je savais que vous prendriez part à ma douleur. Ma nièce m'était infiniment
90 chère, et elle me récompensait de ma tendresse en me témoignant une affection qui égayait ma demeure et emplissait ma vie de bonheur. Tout cela n'est plus. Peut-être me reste-t-il fort peu d'années à passer sur terre ; mais j'espère, s'il plaît à Dieu, rendre un signalé[1] service à l'humanité avant de mourir en me faisant
95 l'instrument de la vengeance céleste contre les démons qui ont assassiné ma pauvre enfant au printemps de sa beauté et de ses espérances !

– Vous venez de nous dire que vous aviez l'intention de relater les faits dans l'ordre où ils ont eu lieu. Je vous prie instamment
100 de le faire ; et je puis vous affirmer que je ne suis pas poussé par la simple curiosité. »

---

1. *Signalé* : remarquable, notable.

À cet instant, nous nous trouvions à l'endroit où la route de Drunstall, par laquelle le général était venu, s'écarte de celle que nous suivions en direction de Karnstein.

105 «À quelle distance des ruines sommes-nous? demanda le vieux soldat en jetant un regard anxieux autour de lui.

– À une demi-lieue environ, répondit mon père. Racontez-nous donc l'histoire que vous avez eu l'amabilité de nous promettre.»

XI
Le récit

«J'y consens de tout mon cœur», dit le général en faisant un effort visible.

Après un court silence pendant lequel il mit ses idées en ordre, il entama l'un des plus étranges récits que j'aie jamais entendu :

5 «Mon enfant bien-aimée se faisait grande fête du séjour que vous aviez eu la bonté de lui ménager auprès de votre charmante fille. (Sur ces mots, il m'adressa un salut fort galant, mais empreint de mélancolie.) Or, entre-temps, mon vieil ami le comte de Carlsfield nous invita à nous rendre dans son château, situé à 10 six lieues environ de l'autre côté de Karlstein, pour assister aux fêtes qu'il donna, vous vous en souvenez sans doute, en l'honneur de son illustre visiteur : le grand-duc Charles.

– Je m'en souviens, en effet, dit mon père. Je crois que ces réjouissances furent splendides.

15 – Princières, en vérité! Mais il faut dire aussi que le comte a toujours dispensé une hospitalité fastueuse[1]. On pourrait croire qu'il possède la lampe d'Aladin... La nuit qui marqua le début de mon malheur fut consacrée à un magnifique bal

---

1. *Fastueuse* : luxueuse.

masqué. On avait ouvert les jardins à tout le monde, et accro-
20 ché dans les arbres des lampions multicolores. Il y eut un feu
d'artifice tel que Paris n'en avait jamais vu de pareil. Quant à la
musique (qui, vous le savez, est mon faible), elle était vraiment
divine : le meilleur orchestre du monde, les meilleurs chanteurs
que l'on avait pu emprunter aux plus grands opéras d'Europe.
25 Pendant que l'on errait à travers ces jardins illuminés d'une
manière féerique, à l'extrémité desquels se dressait le château
dont les longues rangées de fenêtres déversaient une lumière
rose, – on entendait soudain ces voix ravissantes s'élever
d'un bosquet silencieux ou de l'un des bateaux qui voguaient
30 sur le lac. J'avais l'impression de me trouver transporté en
arrière, dans le monde romanesque et poétique de ma prime
jeunesse.

«Dès que le bal commença, après le feu d'artifice, nous gagnâmes la majestueuse suite de salles réservées aux danseurs. Un bal
35 masqué, vous le savez, offre toujours un beau spectacle ; mais je
n'ai jamais rien vu que l'on puisse comparer à cette merveilleuse
soirée.

«Les invités appartenaient à la plus haute aristocratie. J'étais
presque le seul personnage dénué de toute importance.

40 «Mon enfant chérie semblait particulièrement belle ce soir-là.
Elle ne portait pas de masque. Son agitation et son plaisir ajou-
taient un charme indicible à ses traits adorables. Je remarquai
bientôt qu'une jeune fille masquée, splendidement vêtue, semblait l'observer avec un intérêt extraordinaire. Je l'avais aperçue
45 au début de la soirée dans la grand-salle ; et, un peu plus tard,
elle avait marché près de nous pendant quelques minutes sur la
terrasse devant le château, sans quitter ma nièce des yeux. Une
dame masquée, portant un costume à la fois riche et sobre, dont
l'allure majestueuse révélait une personne de haut rang, lui servait
50 de chaperon. Si la jeune fille avait eu le visage découvert, j'aurais
pu savoir de façon plus sûre si elle observait vraiment ma pauvre
enfant : aujourd'hui, j'en ai la certitude absolue.

«Nous nous trouvions dans un des salons. Ma nièce, qui venait de danser, se reposait dans un fauteuil près de la porte. Quant à
55 moi, j'étais debout tout près d'elle. Les deux femmes dont je viens de parler s'approchèrent, et la plus jeune s'assit dans un fauteuil à côté de ma pupille. Sa compagne resta debout à côté de moi et lui parla pendant quelque temps à voix basse.

«Ensuite, profitant du privilège de son masque, elle se tourna
60 vers moi, m'appela par mon nom, puis, sur le ton d'une amie de longue date, entama une conversation qui piqua ma curiosité au plus haut point. Elle mentionna plusieurs réceptions où elle m'avait rencontré – à la Cour ou chez des personnes de qualité. Elle fit même allusion à de petits incidents auxquels j'avais cessé
65 de penser depuis longtemps mais qui, je m'en aperçus, étaient simplement restés en suspension dans ma mémoire, car ils reprirent vie dès qu'elle les eut évoqués.

«Mon désir de savoir qui elle était devenait plus vif à mesure que le temps passait. Elle esquivait avec beaucoup d'adresse et
70 d'amabilité toutes mes tentatives d'identification. Il me semblait presque inexplicable qu'elle connût tant d'épisodes de mon existence. Et elle paraissait prendre un plaisir bien naturel à déjouer ma curiosité, à me voir patauger d'une conjecture à une autre, dans mon avide perplexité.

75 «Pendant ce temps, la jeune fille (que sa mère appela une ou deux fois par le nom bizarre de Millarca en lui adressant la parole) avait lié conversation avec ma nièce en déployant autant de grâce et d'aisance que mon interlocutrice.

«Elle se présenta en disant que sa mère était une de mes vieilles
80 connaissances. Elle lui parla de l'agréable audace que permettait le port du masque. Elle lui tint des propos aimables, admira son costume, et lui fit, en termes choisis, des compliments discrets sur sa beauté. Elle l'amusa beaucoup en se moquant des danseurs qui emplissaient la salle de bal, et rit gaiement avec elle. Elle se montra
85 pleine d'esprit et d'animation, si bien que toutes deux ne tardèrent pas à être en très bons termes. Finalement, elle ôta son masque,

découvrant ainsi un visage d'une extraordinaire beauté. Il nous était complètement inconnu, mais ses traits adorables avaient un tel pouvoir de séduction que nul ne pouvait rester indifférent à
90 leur charme. Ma pauvre nièce y succomba sur-le-champ. Je n'ai jamais vu personne plus subjugué par quelqu'un d'autre au premier coup d'œil, si ce n'est, en vérité, l'inconnue elle-même, qui semblait éprise d'une folle passion pour ma chère enfant.

«Pendant ce temps, profitant de la licence[1] que permet un bal
95 masqué, j'accablais sa mère de questions.

«"Vous m'avez intrigué au plus haut point, dis-je en riant. Cela ne vous suffit-il pas ? Ne voulez-vous pas consentir à vous mettre à égalité avec moi en me faisant la faveur d'ôter votre masque ?

« – Nulle requête ne saurait être plus déraisonnable ! répondit-
100 elle. Comment pouvez-vous demander à une femme de renoncer à un avantage ? De plus, comment savez-vous que vous me reconnaîtriez ? Les années nous changent beaucoup.

«– Ainsi que vous pouvez le voir, dis-je en m'inclinant avec un petit rire mélancolique.

105 «– C'est ce que les philosophes nous apprennent, poursuivit-elle. Et qui vous dit que la vue de mon visage vous serait de quelque secours ?

« – J'en accepte le risque sans la moindre appréhension. Il est inutile d'essayer de vous faire passer pour une vieille femme :
110 votre tournure vous trahit.

«– Il n'en reste pas moins que plusieurs années ont passé depuis que je vous ai vu, ou, plutôt, depuis que vous m'avez vue (car c'est sur ce plan que je me place). Millarca que voici est ma fille. Je ne saurais donc être jeune, même aux yeux des gens
115 auxquels le temps a appris l'indulgence ; et il pourrait fort bien me déplaire d'être comparée à l'image que vous gardez de moi. Vous n'avez pas de masque à ôter : vous ne pouvez donc rien m'offrir en échange.

---

1. *Licence* : liberté.

«– C'est par pitié pour moi que je vous prie de l'enlever.

120 «– Et c'est par pitié pour moi que je vous prie de me permettre de le garder.

«– Dans ce cas, vous consentirez, je l'espère, à me dire si vous êtes française ou allemande ; car vous parlez le français et l'allemand à la perfection.

125 «– Ma foi, général, je garderai le silence à ce sujet : vous avez l'intention de me prendre par surprise, et vous cherchez présentement votre point d'attaque.

«– À tout le moins, vous ne songerez pas à nier que, puisque vous m'avez fait l'honneur de vous entretenir avec moi, je devrais 130 savoir comment m'adresser à vous. Dois-je dire : Madame la comtesse ?"

« Elle se mit à rire, et je suis certain qu'elle se serait dérobée une fois de plus si elle n'en avait pas été empêchée par un incident… (Mais puis-je appeler "incident" la moindre circonstance 135 d'une entrevue qui, je le crois maintenant, avait été préparée dans ses moindres détails ?)

«Quoi qu'il en soit, à peine avait-elle commencé à me répondre qu'elle fut interrompue par l'arrivée d'un homme vêtu de noir, particulièrement élégant et distingué, dont la seule imperfection 140 était, à mes yeux, une pâleur vraiment cadavérique. Il ne portait pas de travesti [1], mais un simple habit de soirée. Sans le moindre sourire, il s'inclina très bas devant ma compagne et lui parla en ces termes :

«"Madame la comtesse me permettra-t-elle de lui dire quelques 145 mots susceptibles de l'intéresser ?"

« La dame se tourna vivement vers lui, et posa un doigt sur ses lèvres pour lui enjoindre le silence. Puis, elle me dit d'un ton enjoué :

«"Soyez assez gentil pour me garder ma place, général ; je vais 150 revenir dans quelques instants."

---

1. *Travesti* : déguisement.

«Sur ces mots, elle s'en alla à l'écart avec l'homme en noir, et tous deux s'entretinrent très sérieusement pendant quelques minutes. Ensuite, ils s'éloignèrent à pas lents dans la foule, et je les perdis de vue.

155 «Je commençai à me torturer l'esprit pour tenter de découvrir l'identité de la dame qui se souvenait si aimablement de moi. J'envisageai même de prendre part à la conversation entre sa fille et ma nièce, pour essayer de préparer une surprise à la comtesse en étant capable de lui dire à son retour son nom, son titre, le
160 nom de son château et la liste de ses biens. Mais, à ce moment, elle revint en compagnie de l'homme en noir.

«"Je préviendrai Madame la comtesse quand sa voiture sera à la porte", lui dit-il.

«Puis il s'inclina devant elle et se retira.

XII
Une requête

«"Ainsi, dis-je en m'inclinant très bas, nous allons perdre Madame la comtesse ; mais j'espère que ce sera simplement pour quelques heures.

«– Peut-être pour quelques heures, peut-être pour quelques
5 semaines. Il est bien fâcheux que cet homme soit venu me parler juste en ce moment. Savez-vous enfin qui je suis ?"

« Je lui assurai que non.

«"Vous le saurez, n'en doutez point, poursuivit-elle, mais pas aujourd'hui. Nous sommes des amis plus intimes et de plus lon-
10 gue date que vous ne semblez le soupçonner. Je ne puis encore vous révéler mon identité. Mais, d'ici trois semaines, je passerai par votre beau château au sujet duquel je me suis renseignée auprès de diverses personnes. Je me permettrai de rester une heure ou deux en votre compagnie, afin de renouer les liens

15 d'une amitié à laquelle je ne puis songer sans que mille souvenirs agréables me reviennent en mémoire. Pour l'instant, une
nouvelle imprévue m'a frappée comme la foudre. Je dois partir
sur-le-champ et faire un voyage de cent milles environ, par une
route détournée, en me hâtant le plus possible. Je suis en proie
20 à de multiples perplexités. Seule la réserve dont j'ai fait preuve à
votre égard au sujet de mon nom pourrait me dissuader de vous
adresser une étrange requête[1]. Ma pauvre enfant n'est pas en
possession de toutes ses forces : son cheval s'est abattu sous elle
au cours d'une partie de chasse ; elle souffre encore des suites du
25 choc nerveux qu'elle a subi, et notre médecin a déclaré formelle-
ment qu'elle devait à tout prix éviter la moindre fatigue pendant
quelque temps. En conséquence, nous sommes venues ici à loisir,
par petites étapes : à peine six lieues par jour. À présent, il me
faut voyager jour et nuit pour accomplir une mission d'où peut
30 résulter la vie ou la mort, mission dont je serai à même de vous
expliquer l'importance et le danger lorsque nous nous retrouve-
rons (comme je l'espère) dans quelques semaines, car, alors, plus
rien ne me contraindra à dissimuler."

«Elle poursuivit son discours en formulant sa requête sur
35 un tel ton qu'elle semblait accorder et non point solliciter une
faveur : c'est, du moins, l'impression que me donna son comportement, mais elle semblait ne pas s'en rendre compte le moins du
monde. Quant aux termes qu'elle employa, rien ne saurait être
plus suppliant. Elle me pria tout simplement de vouloir bien me
40 charger de sa fille durant son absence.

«Tout bien considéré, c'était là une demande très étrange,
pour ne pas dire très audacieuse. Mais la comtesse me désarma
en m'exposant elle-même les arguments divers qu'on pouvait
avancer pour la déclarer injustifiée, et en s'en remettant entiè-
45 rement à ma générosité. Au même instant, par une fatalité qui
semble avoir déterminé d'avance tous les épisodes de cette aven-

---

1. *Requête* : demande.

ture, ma pauvre enfant s'approcha de moi et me supplia à voix basse d'inviter Millarca à nous rendre visite. Elle venait de sonder les intentions de sa nouvelle amie qui serait ravie d'accepter si sa mère le lui permettait.

«En d'autres circonstances, je lui aurais demandé d'attendre que nous sachions au moins à qui nous avions affaire. Mais je n'eus pas le temps de réfléchir. La mère et la fille m'assaillirent à la fois, et je dois avouer que je me laissai influencer par le beau visage de Millarca, empreint de tant de séduction, ainsi que par cette élégance et ce feu qui sont l'apanage[1] des personnes de qualité[2]. Je finis donc par rendre les armes, et acceptai, beaucoup trop à la légère, de prendre soin de la jeune fille.

«Celle-ci écouta avec la plus grande attention les dernières recommandations de sa mère qui lui expliqua, sans fournir le moindre détail, qu'elle venait d'être mandée de façon urgente, et lui exposa les dispositions prises par elle pour la remettre entre mes mains. Elle ajouta que j'étais un de ses amis les plus anciens et les plus précieux.

«Naturellement, je prononçai les paroles qui semblaient convenir à la circonstance, et me trouvai, réflexion faite, dans une situation assez peu à mon goût.

«L'homme en noir apparut de nouveau, et, d'un air très cérémonieux, s'offrit à conduire l'inconnue hors de la pièce. Il semblait avoir adopté à dessein[3] un comportement de nature à me convaincre que la comtesse était un personnage beaucoup plus important que son titre modeste n'aurait pu me le laisser croire.

«Avant de me quitter, elle me pria instamment de ne faire, jusqu'à son retour, aucune tentative pour apprendre autre chose que ce que j'avais déjà pu deviner à son sujet. Notre hôte, dont elle était l'invitée, connaissait ses raisons.

---

1. *Apanage* : privilège.
2. *Personnes de qualité* : aristocrates.
3. *À dessein* : intentionnellement.

«"Mais, poursuivit-elle, ni moi ni ma fille ne saurions demeurer plus d'un jour dans ce château sans courir un grave danger. Il y a une heure environ, j'ai commis l'imprudence d'ôter mon masque
80 et je me suis imaginé que vous m'aviez vue. C'est pourquoi j'ai décidé de chercher une occasion de vous parler. Eussé-je découvert que vous m'aviez bel et bien vue, je m'en serais remise à votre sens de l'honneur pour me garder le secret pendant quelques semaines. Les choses étant ce qu'elles sont, je m'estime très satisfaite ; mais
85 si vous devinez à présent qui je suis (ou si vous deviez le deviner plus tard), je m'en remets, une fois encore, à votre sens de l'honneur pour n'en rien dire jusqu'à mon retour. Ma fille, de son côté, observera le même silence ; et je sais fort bien que vous lui rappellerez de temps à autre la nécessité de se taire, de crainte qu'elle ne
90 commette une indiscrétion par simple étourderie."

« Elle murmura quelques mots à l'oreille de sa fille, lui donna deux baisers rapides, s'éloigna en compagnie de l'homme vêtu de noir, et se perdit au milieu de la foule.

«"Dans la pièce voisine, dit Millarca, il y a une fenêtre qui
95 donne sur la porte d'entrée. Je voudrais bien voir maman une dernière fois, et lui envoyer un baiser de ma main."

«"Naturellement, nous accédâmes à son désir, et l'accompagnâmes jusqu'à la fenêtre. Nous vîmes alors une belle voiture à l'ancienne mode, entourée d'une troupe de courriers [1] et de
100 laquais. Nous vîmes aussi l'homme en noir poser sur les épaules de la comtesse un épais manteau de velours dont il rabattit le capuchon pour cacher le visage de sa maîtresse. Elle le remercia d'un signe de tête et lui effleura la main du bout des doigts. Il s'inclina très bas à plusieurs reprises pendant que la portière se
105 refermait et que la voiture s'ébranlait.

«"Elle est partie, dit Millarca en soupirant.

« – Elle est partie, répétai-je à mon adresse en songeant à la folie de mon acte pour la première fois (car je n'en avais pas

---

1. *Courriers* : valets.

encore eu le loisir au cours des moments précipités qui avaient
110 suivi mon consentement).

«– Elle n'a pas levé les yeux, reprit la jeune fille d'un ton
plaintif.

«– Peut-être que Madame la comtesse avait ôté son masque et
ne se souciait pas de montrer son visage, lui répondis-je. De plus,
115 elle ne pouvait pas savoir que vous étiez à la fenêtre.”

«Elle me regarda bien en face en soupirant. Elle me parut
si belle que je m'attendris. Je regrettai de m'être repenti, l'espace d'un moment, de lui avoir offert l'hospitalité, et je résolus
de réparer à l'avenir la mauvaise humeur inavouée avec laquelle
120 j'avais accepté de la recevoir sous mon toit.

«Après avoir remis son masque, la jeune fille joignit ses instances[1] à celles de ma nièce pour me persuader de regagner les
jardins où le concert devait bientôt recommencer. J'accédai à cette
requête, et nous allâmes nous promener sur la terrasse devant le
125 château. Nous fûmes vite en termes très intimes avec Millarca qui
nous divertit beaucoup par ses descriptions animées des nobles
personnages que nous voyions autour de nous, et par des anec-
dotes piquantes[2] à leur sujet. J'éprouvais une sympathie croissante à son égard. Ses commérages dénués de toute méchanceté
130 étaient fort distrayants pour moi qui avais perdu contact avec le
grand monde depuis si longtemps. Je songeai qu'elle allait mettre beaucoup de vie dans nos soirées à la maison, souvent bien
solitaires.

«Le bal ne prit fin qu'au moment où le soleil atteignait pres-
135 que l'horizon. Ce fut le bon plaisir du grand-duc de danser jusqu'à cette heure-là, de sorte que ses loyaux sujets ne purent se
retirer, ou même songer à gagner leur lit.

«Nous venions de traverser un salon bondé de monde lorsque
ma pupille me demanda ce qu'était devenue Millarca. J'avais cru

---

1. *Ses instances* : ses prières.
2. *Piquantes* : amusantes.

140 qu'elle se trouvait à côté de ma chère enfant, et celle-ci s'était imaginé qu'elle se trouvait à côté de moi. En fait, nous l'avions perdue.

«Tous mes efforts pour la retrouver restèrent vains. Je craignis que, dans son trouble à se voir séparée de ses nouveaux amis, 145 elle n'eût pris d'autres personnes pour nous et ne se fût égarée en essayant de les suivre dans l'immense parc.

«Alors, je me rendis pleinement compte de la folie que j'avais commise en acceptant la garde d'une jeune fille dont je ne connaissais même pas le nom; car, enchaîné par des promesses 150 qui m'avaient été imposées pour des motifs entièrement ignorés de moi, je ne pouvais même pas préciser l'objet de mes demandes de renseignements en disant que la disparue était la fille de la comtesse qui venait de partir quelques heures auparavant.

«Le matin se leva. Je n'abandonnai mes recherches qu'au 155 grand jour. Et il me fallut attendre jusqu'au lendemain pour avoir des nouvelles de Millarca.

«Vers deux heures de l'après-midi, un domestique vint frapper à la porte de la chambre de ma nièce. Il apprit à celle-ci qu'une jeune fille, en proie, semblait-il, à une grande détresse, l'avait 160 prié instamment de lui indiquer où elle pourrait trouver le général baron Spielsdorf et sa fille, aux bons soins desquels sa mère l'avait confiée.

«Il n'était pas douteux (malgré l'inexactitude de ce titre de "baron" auquel je n'ai pas droit) que notre jeune amie avait ré-165 apparu : et, en effet, c'était bien elle. Plût au Ciel que nous l'eussions perdue à jamais!

«Elle expliqua à ma nièce qu'elle n'avait pas réussi à nous rejoindre plus tôt pour la raison suivante : très tard dans la nuit, désespérant de nous retrouver, elle était entrée dans la chambre 170 de l'intendante, et avait sombré aussitôt dans un sommeil profond qui, malgré sa longue durée, avait à peine suffi à lui rendre ses forces après les fatigues du bal.

«Ce jour-là, Millarca rentra avec nous à la maison. Tout compte fait, j'étais trop heureux d'avoir procuré à ma nièce une si charmante compagne.»

XIII
Le bûcheron

«Mais je ne tardai pas à constater certaines choses fort déplaisantes. En premier lieu, Millarca, se plaignant d'une extrême langueur (résultat de sa récente maladie), ne sortait jamais de sa chambre qu'assez tard dans l'après-midi. Ensuite, nous fîmes par hasard une troublante découverte : quoiqu'elle fermât toujours sa porte à double tour de l'intérieur et ne touchât plus à la clé jusqu'au moment où elle ouvrait à la femme de chambre préposée à sa toilette, elle était souvent absente très tôt le matin, et, parfois, plus tard dans la journée, à des heures où elle désirait qu'on la crût couchée dans son lit. À plusieurs reprises, on la vit depuis les fenêtres du château, dans la clarté grisâtre de l'aube, marcher parmi les arbres en direction de l'est, comme une personne en état de transe [1]. Je crus alors qu'elle était somnambule, mais cette hypothèse ne résolvait pas le problème. Comment Millarca pouvait-elle quitter sa chambre en laissant la porte fermée à clé de l'intérieur ? Comment pouvait-elle sortir de la maison sans ouvrir ni porte ni fenêtre ?

«À ma perplexité s'ajouta bientôt une angoisse beaucoup plus vive.

«Ma pauvre enfant commença à perdre sa bonne mine et sa santé de façon si mystérieuse et si horrible que j'en ressentis une véritable épouvante.

«Elle fut d'abord hantée par des rêves affreux, puis par un spectre qui avait tantôt l'apparence de Millarca, tantôt celle d'une

---

1. *Transe* : demi-conscience.

25 bête aux formes indistinctes rôdant autour de son lit. Puis vinrent des sensations étranges. L'une d'elles, point désagréable mais très particulière, ressemblait au flux d'un courant glacé contre sa poitrine. Par la suite, il lui sembla que deux longues aiguilles la transperçaient un peu au-dessous de la gorge, en lui causant
30 une violente douleur. Quelques nuits plus tard, elle eut l'impression d'un étranglement progressif qui finissait par lui faire perdre conscience.»

J'avais pu distinguer nettement les dernières phrases que le général venait de prononcer, car, à ce moment-là, nous rou-
35 lions sur l'herbe rase qui a envahi les deux côtés de la route, aux abords du village sans toit d'où nulle fumée ne s'est élevée depuis un demi-siècle.

Vous pouvez imaginer combien je fus stupéfaite d'entendre le vieux soldat décrire exactement les symptômes de mon mal
40 en relatant ceux de la pauvre fille qui, si elle avait survécu, aurait été, à ce moment même, en visite au château de mon père. Vous pouvez imaginer aussi combien je fus stupéfaite de l'entendre raconter en détail des habitudes et un comportement mystérieux qui étaient ceux-là mêmes de notre belle invitée, Carmilla !
45 Une clairière s'ouvrit dans la forêt. Nous nous trouvâmes soudain au pied des pignons [1] et des cheminées du village en ruine, que dominaient, au sommet d'une légère éminence, les tours et les créneaux du château démantelé [2], entouré d'un bouquet d'arbres gigantesques.
50 Je descendis de la voiture, plongée dans un rêve d'épouvante. Puis, sans mot dire, car chacun de nous avait ample matière à réflexion, nous gravîmes la pente et nous trouvâmes bientôt en train d'errer parmi les vastes salles, les escaliers et les sombres corridors du château.

---

1. _Pignons_ : en architecture, parties supérieures et triangulaires des murs qui supportent les toitures des maisons.
2. _Démantelé_ : dont on a détruit les fortifications.

55 «Voici donc l'antique résidence des Karnstein! dit enfin le général tandis que, par une grande fenêtre, il contemplait le village et la vaste étendue de la forêt. C'est ici que cette effroyable famille a rédigé ses chroniques sanglantes[1]. Il est vraiment pénible que ces monstres continuent, après leur mort, à tourmenter
60 la race humaine par leurs abominables appétits. Leur chapelle se trouve là-bas.»

Il montrait du doigt les murs gris d'une construction gothique bâtie à mi-pente, partiellement dissimulée dans le feuillage.

«Et j'entends la hache d'un bûcheron en train de travailler au
65 milieu des arbres qui l'entourent, poursuivit-il. Peut-être pourra-t-il me donner le renseignement que je cherche, et m'indiquer la tombe de Mircalla, comtesse de Karnstein. Ces paysans conservent les traditions locales des grandes familles dont les gens riches et titrés oublient l'histoire dès qu'elles sont éteintes.

70 – Nous avons au château un portrait de la comtesse Mircalla, dit mon père. Aimeriez-vous le voir?

– J'ai tout le temps, mon cher ami, car je crois avoir vu l'original. Et mon désir d'explorer la chapelle vers laquelle nous nous dirigeons présentement[2] a été l'un des motifs qui m'ont amené à vous
75 rendre visite plus tôt que je n'en avais eu d'abord l'intention.

– Comment, vous dites que vous avez vu la comtesse Mircalla! s'exclama mon père. Mais, voyons, il y a plus d'un siècle qu'elle est morte!

– Pas si morte que vous le croyez, d'après ce que l'on m'a
80 raconté.

– J'avoue que vous m'intriguez au plus haut point, mon cher ami!»

Je vis mon père regarder une fois encore son interlocuteur avec cet air de doute que j'avais discerné dans ses yeux au début

---

1. *Ses chroniques sanglantes* : son histoire pleine de sang.

2. Le Fanu semble avoir oublié qu'il a laissé ses personnages en train de regarder la chapelle par une fenêtre du château. *[NdT]*

85 de notre voyage. Mais, si le comportement du général exprimait parfois la colère ou la haine, il ne révélait pas le moindre déséquilibre mental.

Au moment où nous franchissions la porte ogivale [1] de l'église (car la bâtisse méritait bien ce nom par ses dimensions), le vieux
90 soldat poursuivit en ces termes :

«Désormais, un seul but peut retenir mon intérêt pendant les quelques années qui me restent à passer en ce monde : c'est d'exercer sur cette femme la vengeance dont un bras humain est encore capable, grâce à Dieu !
95 – Quel genre de vengeance vous proposez-vous d'accomplir ? demanda mon père d'un ton surpris.

– Je me propose de décapiter ce monstre ! » s'exclama le général.

Tandis qu'il disait ces mots, ses joues s'empourprèrent [2] vio-
100 lemment. Il frappa du pied avec force, éveillant ainsi les lugubres échos de la chapelle en ruine, et leva en même temps sa main crispée qu'il agita férocement dans l'air comme si elle eût étreint une hache.

«Quoi ? s'écria mon père, plus stupéfait que jamais.
105 – Vous m'avez entendu : je veux lui couper la tête.

– Lui couper la tête ?

– Oui, parfaitement. Avec une hache ou une bêche, ou tout autre instrument capable de trancher cette gorge scélérate [3] ! »

Le général tremblait de fureur. Ayant pressé le pas de façon à
110 nous précéder, il poursuivit :

«Je vais tout vous dire, mon ami. Cette poutre servira de siège à votre fille qui doit être lasse. Quand elle sera assise, j'achèverai mon affreuse histoire en quelques phrases.»

---

1. *Ogivale* : en forme d'ogive, c'est-à-dire dont les deux montants se courbent jusqu'à se rejoindre en pointe. Les ogives sont typiques de l'architecture gothique.
2. *S'empourprèrent* : rougirent.
3. *Scélérate* : criminelle.

Le bloc de bois équarri[1] placé sur les dalles envahies par les herbes folles formait un banc sur lequel je fus très contente de m'installer. Pendant ce temps, le général héla[2] le bûcheron qui était en train de couper les branches d'arbres appuyées sur les vieux murs de la chapelle. Quelques instants plus tard, le vigoureux vieillard se tenait devant nous, sa hache à la main.

Il ne put nous fournir aucun renseignement sur les tombes des Karnstein. Mais il nous dit qu'un vieux forestier, logé présentement dans la maison du prêtre, à deux milles de distance, serait à même de nous indiquer leur emplacement exact. Il s'offrit à aller le chercher moyennant quelque argent, et à nous le ramener en moins d'une heure si nous consentions à lui prêter un de nos chevaux.

«Y a-t-il longtemps que vous travaillez dans cette forêt? lui demanda mon père.

– J'abats des arbres ici depuis ma plus tendre jeunesse, répondit-il dans son patois. J'ai succédé à mon père qui, lui-même, avait succédé à d'innombrables générations de bûcherons. Je pourrais vous montrer, dans ce village en ruine, la maison où tous mes ancêtres ont vécu.

– Pourquoi ce village a-t-il été abandonné? demanda le général.

– Parce qu'il était hanté par des revenants, monsieur. Plusieurs ont été suivis jusque dans leurs tombes, reconnus coupables de vampirisme, et exterminés selon la coutume établie : c'est-à-dire qu'on les a décapités, transpercés d'un pieu, et brûlés. Mais ils avaient eu le temps de tuer un grand nombre de villageois.

«D'ailleurs, après que l'on eut pris toutes ces mesures légales, que l'on eut ouvert plusieurs tombes et privé plusieurs vampires de leur vie empruntée, le village ne fut pas délivré pour autant. Mais, un jour, un gentilhomme de Moravie[3], de passage

---

1. *Équarri* : taillé à angles droits.
2. *Héla* : appela.
3. *Moravie* : région d'Europe centrale située aujourd'hui à l'est de la République tchèque.

à Karnstein, apprit l'état des choses, et, étant expert en la matière
145 (comme le sont beaucoup de ses compatriotes), offrit de débarrasser les villageois de leur bourreau. Voici comment il procéda.
Un soir de pleine lune, il monta, peu après le coucher du soleil,
en haut du clocher de cette chapelle, d'où il pouvait observer le
cimetière au-dessous de lui. Il resta à son poste de guet jusqu'au
150 moment où il vit le vampire sortir de sa tombe, poser à terre le
linceul dans lequel on l'avait enseveli, et se diriger vers le village
pour en tourmenter les habitants.

«Le gentilhomme descendit alors du clocher, s'empara du
suaire [1] et regagna son observatoire. Quand le vampire revint et
155 ne retrouva pas son linceul, il se mit à invectiver furieusement le
Morave qu'il avait aperçu au faîte du clocher, et qui, en réponse,
lui fit signe de venir chercher son bien. Là-dessus, le vampire,
ayant accepté cette invitation, commença à grimper; mais, dès
qu'il fut arrivé aux créneaux, le gentilhomme lui fendit la tête
160 d'un coup d'épée, puis le précipita dans le cimetière. Après quoi,
ayant descendu l'escalier tournant, il alla retrouver sa victime
et la décapita. Le lendemain, il remit les restes du vampire aux
villageois qui enfoncèrent un pieu dans le cœur du monstre, puis
brûlèrent la tête et le corps, selon les rites consacrés.

165 «Le gentilhomme fut autorisé par celui qui était, à cette époque, le chef de la famille Karnstein, à faire disparaître la tombe de
la comtesse Mircalla, dont on oublia très vite l'emplacement.

– Vous ne pourriez vraiment pas me montrer où elle se trouvait ? » demanda vivement le général.

170 Le bûcheron sourit et fit un signe de tête négatif.

«Nul ne saurait vous le dire aujourd'hui, répondit-il. De plus,
on raconte que son corps a été enlevé; mais personne n'est sûr
de cela non plus.»

Sur ces mots, étant pressé par le temps, il posa sa hache et
175 s'en alla, tandis que le général achevait son étrange récit.

---

1. *Suaire* : drap mortuaire.

XIV
La rencontre

«L'état de ma pauvre nièce empirait rapidement. Le médecin qui la soignait n'avait pu agir le moins du monde sur sa maladie (car, à cette époque, je la croyais simplement malade). Voyant mon inquiétude, il me suggéra d'appeler un de ses confrères en
5 consultation. J'envoyai un message à un praticien de Gratz, beaucoup plus compétent que le mien. Plusieurs jours s'écoulèrent avant son arrivée. C'était non seulement un savant, mais encore un homme pieux et bon. Après avoir examiné la patiente, les deux médecins se retirèrent dans ma bibliothèque pour conférer.
10 De la pièce voisine où j'attendais qu'il leur plût de me faire venir, j'entendis bientôt des éclats de voix que je jugeai trop violents pour une simple discussion philosophique. Je frappai à la porte et entrai. Le vieux médecin de Gratz défendait sa théorie avec vigueur ; son rival la combattait en la tournant ouvertement en
15 ridicule, et riait sans aucune retenue. Cette hilarité déplacée et l'altercation [1] entre les deux hommes prirent fin dès que je pénétrai dans la pièce.

«"Monsieur, me dit mon praticien habituel, mon savant confrère semble croire que vous avez besoin d'un sorcier et non
20 d'un médecin.

«– Veuillez m'excuser, déclara l'autre d'un air mécontent, mais j'exposerai à ma façon mon interprétation personnelle de cette affaire une autre fois. Je regrette profondément, général, que ma science et mon habileté professionnelle ne puissent vous être
25 d'aucun secours. Néanmoins, avant de partir, je vais avoir l'honneur de vous faire une suggestion."

«Il parut s'absorber quelques instants dans ses pensées, s'assit à une table, et se mit à écrire. Terriblement déçu, je me retirai

---

1. Altercation : dispute.

après l'avoir salué. Au moment où je me retournais pour gagner
30 la porte, mon médecin me montra du doigt son confrère, puis, haussant les épaules, se toucha le front d'un geste significatif.

«Cette consultation me laissait donc exactement au point où je me trouvais déjà. Presque fou de chagrin, j'allai me promener dans le parc, où le médecin de Gratz vint me retrouver un quart
35 d'heure plus tard. Il me pria de l'excuser de m'avoir suivi, et ajouta que, en toute conscience, il ne pouvait quitter le château sans m'avoir dit quelques mots de plus. Il m'affirma qu'il était absolument sûr de son diagnostic : aucune maladie naturelle ne s'accompagnait de symptômes pareils, et la mort était proche. Il
40 restait pourtant un ou deux jours de vie. Si l'on parvenait à empêcher immédiatement la crise fatale, ma pupille pourrait peut-être retrouver ses forces au prix des plus grands soins. Mais, à présent, on était à l'extrême limite de l'irrévocable. Une nouvelle attaque suffirait à éteindre la dernière étincelle de vitalité qui pouvait
45 mourir d'un instant à l'autre.

«"Et de quelle nature est l'attaque dont vous parlez ? lui demandai-je d'un ton suppliant.

«– J'ai tout relaté en détail dans cette lettre. Je la remets entre vos mains à la condition expresse que vous mandiez le prêtre le
50 plus proche, et que vous la lisiez seulement en sa présence : sans cela, vous la dédaigneriez[1], alors qu'il s'agit de vie ou de mort. Mais, si vous ne pouvez pas joindre un ecclésiastique quelconque, alors, lisez la lettre tout seul."»

«Avant de prendre congé, il me demanda si j'aimerais voir
55 un homme étrangement versé en une matière qui m'intéresserait sans doute à l'extrême quand j'aurais lu sa lettre, et il me pressa vivement de l'inviter à me rendre visite. Là-dessus, il se retira.

«Le prêtre n'étant pas à son domicile, je pris connaissance de la lettre sans témoin. En d'autres temps ou dans d'autres cir-
60 constances, je l'aurais peut-être trouvée grotesque. Mais à quelle

---

1. **Vous la dédaigneriez** : vous ne la croiriez pas.

charlatanerie [1] n'aurait-on pas recours lorsque la vie d'un objet aimé est enjeu, et que tous les moyens habituels ont échoué ?

« Vous allez sans doute me dire que rien ne saurait être plus absurde que la lettre du savant médecin. Elle semblait assez monstrueuse pour justifier l'internement de son auteur dans un asile d'aliénés. Il affirmait que la patiente recevait les visites d'un vampire ! Les piqûres qu'elle disait avoir ressenties à la naissance de la gorge étaient causées par les deux longues dents, minces et aiguës, qui constituent une des particularités bien connues de ces monstres. Quant à la petite meurtrissure visible au même endroit, il ne pouvait y avoir le moindre doute à son sujet : tous les experts s'accordaient pour reconnaître qu'elle était produite par les lèvres du démon. En outre, les divers symptômes décrits par la malade correspondaient exactement à ceux qui avaient été mentionnés dans des cas similaires.

« Comme je ne croyais absolument pas à l'existence des vampires, cette théorie de l'excellent médecin me parut fournir encore un exemple de savoir et d'intelligence bizarrement alliés avec une superstition ridicule. Mais, dans mon désespoir, je résolus d'agir selon les instructions de la lettre plutôt que de ne rien tenter.

« La nuit venue, je me dissimulai dans le cabinet de toilette obscur attenant à la chambre de la pauvre malade, où brûlait une bougie, et j'attendis que ma nièce fût plongée dans un profond sommeil. Conformément aux recommandations du médecin, mon épée se trouvait sur une table à portée de ma main. Debout derrière la porte dont l'entrebâillement me permettait d'observer la chambre, je fis le guet jusqu'à une heure du matin environ. Alors, je vis une forme noire aux contours mal définis gravir le pied du lit et s'étendre rapidement jusqu'à la gorge de ma pauvre fille, où elle s'enfla rapidement en un instant pour devenir une grosse masse palpitante.

« Je restai pétrifié sur place pendant quelques secondes. Ensuite je me ruai dans la chambre, l'épée à la main. Le monstre noir se

---

1. *Charlatanerie* : escroquerie (en matière médicale, surtout).

contracta soudain vers le pied du lit, puis glissa à terre ; et voilà que se dressa devant moi, à un mètre du lit, fixant sur mon visage
95 un regard empreint de terreur et de férocité, Millarca elle-même ! En proie à des pensées incohérentes, je la frappai aussitôt de mon épée ; mais je la vis presque au même instant debout près de la porte, sans une égratignure. Horrifié, je me ruai sur elle et la frappai à nouveau : elle avait disparu, et mon arme se brisa contre le
100 panneau de bois.

« Je ne puis vous raconter en détail la fin de cette épouvantable nuit. Le spectre Millarca avait disparu. Mais sa victime déclinait rapidement, et elle mourut avant l'aube. »

Le général se tut, en proie à une agitation violente. Nous res-
105 pectâmes son silence. Mon père s'éloigna à peu de distance et se mit à lire les inscriptions gravées sur les pierres tombales ; puis il franchit l'entrée d'une chapelle latérale, afin de poursuivre ses recherches. Le vieux soldat s'appuya contre le mur, s'essuya les yeux et poussa un profond soupir. J'entendis avec soulagement
110 les voix de Carmilla et de Mme Perrodon qui s'approchaient de nous. Ensuite, elles s'éteignirent.

Au milieu de cette solitude, alors que je venais d'entendre une histoire si étrange qui avait trait aux nobles morts dont les monuments couverts de lierre tombaient en poussière autour de
115 nous, et qui, dans ses moindres détails, présentait une affreuse ressemblance avec ma propre aventure, dans ce lieu hanté, assombri par les masses de feuillage érigeant de toutes parts leur masse touffue au-dessus des murs silencieux [1], – une profonde horreur s'empara de moi, et mon cœur se serra à la pensée que mes deux
120 amies n'allaient pas entrer tout de suite dans la chapelle pour en troubler le calme lugubre et inquiétant.

Le général, les yeux fixés sur le sol, s'appuyait d'une main sur un monument brisé.

---

1. La narratrice note que les grands arbres qui entourent la scène dépassent les murs de la chapelle et la plongent dans une ombre perpétuelle.

Alors, sous une voûte surmontée d'un de ces démons grotesques auxquels se plaisait tant l'effroyable imagination des sculp-
teurs du Moyen Âge, je vis paraître avec joie le beau visage et la
gracieuse silhouette de Carmilla qui pénétra dans la nef noyée
d'ombre.

Après avoir répondu par un signe de tête au sourire particulièrement séduisant qu'elle m'adressa, je m'apprêtais à me
lever pour lui parler lorsque le général saisit soudain la hache du
bûcheron et se précipita en avant. À sa vue, les traits de mon amie
subirent une altération brutale et prirent une expression horrible,
tandis qu'elle faisait un pas en arrière, dans l'attitude d'un animal
apeuré. Avant que j'eusse pu pousser un cri, le vieux soldat abattit
son arme de toutes ses forces ; mais elle esquiva le coup, et saisit
dans sa main minuscule le poignet de son agresseur. L'espace
d'un moment, il lutta pour se libérer ; mais enfin, ses doigts
s'ouvrirent, la hache tomba sur le sol, et Carmilla disparut.

Le général revint à pas chancelants s'appuyer contre le mur.
Ses cheveux gris se hérissaient sur sa tête ; son visage luisait de
sueur comme s'il eût été à l'agonie.

Cette scène effroyable avait duré quelques secondes à peine.
La seule chose dont je me souvienne ensuite est d'avoir vu devant
moi Mme Perrodon en train de répéter avec impatience :

«Où est Mlle Carmilla ? »

Au bout d'un certain temps, je pus enfin lui répondre, en lui
montrant la porte par laquelle elle-même venait d'entrer :

«Je ne saurais vous le dire… Elle est partie par là, il y a une
minute…

– Mais je suis restée dans ce passage depuis son entrée dans
la chapelle, et je ne l'ai pas vue ressortir ! »

Elle se mit alors à crier : «Carmilla ! » à toutes les portes et à
toutes les fenêtres, mais sans obtenir de réponse.

«Ainsi, elle se faisait appeler Carmilla ? me demanda le général, toujours en proie à une violente émotion.

– Oui, répondis-je.

– Bien sûr, reprit-il. Carmilla n'est autre que Millarca. La même qui se nommait jadis Mircalla, comtesse de Karnstein.
160 Quittez ce lieu maudit, ma pauvre enfant, aussi vite que vous le pourrez. Gagnez la maison du prêtre, et restez-y jusqu'à notre retour. Partez à l'instant, et puissiez-vous ne plus jamais revoir Carmilla ! En tout cas, vous ne la trouverez pas ici.»

XV
Ordalie[1] et exécution

Comme le général disait ces mots, l'homme le plus étrange que j'eusse jamais vu pénétra dans la chapelle en franchissant la porte par laquelle Carmilla était entrée et sortie. Grand, maigre, voûté, il avait un visage brun et sec creusé de rides profondes. Il était vêtu
5 de noir et coiffé d'un chapeau à large bord de forme bizarre. Ses longs cheveux gris tombaient sur ses épaules. Il portait des lunettes d'or, et avançait à pas lents, d'une démarche curieusement traî-nante. Il tenait son visage tantôt levé vers le ciel, tantôt baissé vers la terre. Un sourire perpétuel sur les lèvres, il balançait ses longs
10 bras maigres et agitait d'un air absent ses mains décharnées[2] cou-vertes de vieux gants noirs beaucoup trop grands pour elles.

«L'homme qu'il me fallait ! s'exclama le général, en allant au-devant de lui d'un air charmé. Mon cher baron, je suis ravi de vous voir ; en vérité, je n'espérais pas vous rencontrer si tôt[3].»
15 Il fit un signe de la main à mon père qui venait de rentrer dans la chapelle, et alla à sa rencontre en compagnie de l'extra-ordinaire vieillard. Les présentations une fois terminées, les trois

---

1. *Ordalie* : voir note 2, p. 61.
2. *Décharnées* : très maigres.
3. Le Fanu a omis de dire à ses lecteurs que le général a dû inviter ce bizarre personnage à se rendre à Karnstein pour l'aider dans ses recherches. En outre, ce mystérieux baron est certainement le spécialiste des sciences occultes que le médecin de Gratz lui a recommandé de consulter. *[NdT]*

hommes entamèrent une conversation très sérieuse. Le baron tira de sa poche un rouleau de papier qu'il étala sur la pierre
20 usée d'un tombeau. Puis, avec un porte-mine, il se mit à tracer des lignes imaginaires sur ce papier : ce devait être un plan de la chapelle, car leurs regards s'en détournaient souvent pour se poser sur certains endroits de l'édifice. De temps à autre, le baron interrompait ce que je puis appeler sa « conférence » pour lire dans
25 un petit carnet crasseux dont les pages jaunies étaient couvertes d'une fine écriture.

Ils gagnèrent lentement le bas-côté en face du lieu où je me trouvais. Ensuite ils entreprirent de mesurer les distances en comptant leurs pas. Enfin, ils s'arrêtèrent devant un pan de mur
30 qu'ils se mirent à examiner avec le plus grand soin, arrachant le lierre qui le recouvrait, sondant le plâtre du bout de leur canne, grattant à certains endroits, frappant à d'autres. À la longue, ils constatèrent la présence d'une large plaque de marbre où se trouvaient deux lettres gravées en relief.

35 Avec l'aide du bûcheron, qui n'avait pas tardé à revenir, ils mirent à jour une inscription commémorative et un écusson : ceux du tombeau, depuis longtemps perdu, de Mircalla, comtesse de Karnstein.

Le général (qui, pourtant, je le crains, n'était guère enclin à
40 prier) leva les yeux et les mains vers le ciel pendant quelques instants en une silencieuse action de grâces.

« Demain, dit-il enfin, un magistrat de la Haute Cour [1] sera ici, et il sera procédé à une enquête, conformément à la loi. »

Puis, se tournant vers l'étrange vieillard aux lunettes d'or, il
45 ajouta :

« Mon cher baron, comment pourrai-je vous remercier ? Comment pourrons-nous tous vous remercier ? Grâce à vous, le pays va être délivré d'un fléau qui afflige ses habitants depuis plus d'un siècle. Dieu merci, l'horrible ennemi est enfin dépisté. »

---

1. *Haute Cour* : ici, tribunal.

50   Mon père entraîna alors les deux hommes à l'écart. Je compris qu'il voulait les mettre hors de portée de mon ouïe pour pouvoir leur exposer mon cas ; et je les vis me regarder fréquemment tout en poursuivant leur entretien.

Au terme de ce conciliabule [1], mon père vint me trouver, 55 m'embrassa à plusieurs reprises, puis me fit sortir de la chapelle en disant :

«Il est temps de regagner le château ; mais, avant de reprendre le chemin du retour, il nous faut aller trouver le bon prêtre qui habite non loin d'ici, et le convaincre de se joindre à nous.»

60   L'ecclésiastique accéda sans discussion à la requête de mon père, et nous rentrâmes tous au logis où je fus très heureuse d'arriver, car j'étais épuisée de fatigue. Mais ma satisfaction fit place au désarroi quand j'appris qu'on n'avait pas de nouvelles de Carmilla. Personne ne s'offrit à m'expliquer l'effroyable scène 65 qui avait eu lieu dans la chapelle en ruine et dont le souvenir était rendu plus horrible par la sinistre absence de mon amie : de toute évidence, il s'agissait d'un secret que mon père ne voulait pas me révéler pour le moment.

Cette nuit-là, on prit des dispositions extraordinaires pour 70 mon coucher. Deux servantes et Mme Perrodon s'installèrent dans ma chambre pour y veiller jusqu'au jour, tandis que le prêtre et mon père faisaient bonne garde dans le cabinet de toilette.

Au préalable, l'ecclésiastique avait accompli certains rites 75 solennels dont je ne compris pas le sens, tout de même que je ne compris pas la raison des précautions extraordinaires prises pour assurer ma sécurité pendant mon sommeil.

Il me fallut attendre quelques jours pour que tout me fût révélé.

80   Dans l'intervalle, mes souffrances nocturnes disparurent en même temps que Carmilla.

---

1. *Conciliabule* : conversation secrète.

Vous avez sans doute entendu parler de la terrible superstition qui règne en Moravie, en Silésie[1], en Serbie, en Pologne et même en Styrie : à savoir, la superstition du vampire.

85 Si l'on accorde quelque valeur aux témoignages humains portés avec tout le soin et la solennité voulus, au milieu d'un grand appareil judiciaire, par-devant d'innombrables commissions composées de plusieurs membres bien connus pour leur intégrité et leur intelligence, qui ont rédigé des procès-verbaux 90 plus volumineux que tous ceux ayant trait à n'importe quel autre genre d'affaire, – alors il est difficile de nier, ou même de mettre en doute, l'existence du vampirisme.

Pour ma part, je ne connais aucune théorie permettant d'expliquer ce que j'ai moi-même éprouvé, à l'exception de celle qui 95 nous est fournie par l'antique croyance du pays.

Le lendemain de ce jour mémorable, l'enquête officielle eut lieu dans la chapelle du château de Karnstein. On ouvrit le tombeau de la comtesse Mircalla. Le général et mon père reconnurent tous deux leur belle et perfide invitée. Bien qu'il se fût écoulé cent 100 cinquante ans depuis son inhumation, son visage avait conservé les teintes chaudes de la vie, et ses yeux étaient grands ouverts. Aucune odeur cadavérique ne s'exhalait du cercueil. Les deux médecins présents (l'un appointé par le gouvernement, l'autre par le promoteur de l'enquête[2]) attestèrent ce fait prodigieux 105 que l'on pouvait percevoir une faible respiration et de légers battements du cœur. Les membres étaient parfaitement flexibles, la chair avait gardé toute son élasticité. Au fond du cercueil de plomb, le corps baignait dans sept ou huit pouces de sang. Toutes les preuves du vampirisme se trouvaient donc réunies.

110 En conséquence, on mit le corps debout, selon la coutume antique, et l'on enfonça un pieu aigu dans le cœur du vampire

---

1. *Silésie* : région située aujourd'hui au sud-est de la Pologne et à l'est de la République tchèque (région de Moravie-Silésie).
2. *Le promoteur de l'enquête* : celui qui a ordonné l'enquête.

qui poussa alors un cri perçant, en tous points semblable à celui d'un être vivant prêt à rendre l'âme. Puis, on trancha la tête, et un flot de sang ruissela du cou sectionné. Après quoi, on plaça le
115 corps et la tête sur un bûcher. Les cendres furent dispersées dans l'eau de la rivière qui les emporta au loin. Et depuis lors, le pays n'a jamais plus été infesté par les visites d'un vampire.

Mon père possède une copie du procès-verbal de la Commission Impériale[1], sur lequel figurent les signatures de tous ceux qui assis-
120 tèrent à l'enquête et à l'exécution. Ma relation de cette affreuse scène est un simple résumé de ce document officiel.

XVI
Conclusion

Sans doute imaginez-vous que j'écris tout ceci de sang-froid. Or il n'en est rien : je ne puis y songer sans ressentir une profonde émotion. Seul votre vif désir, maintes fois exprimé, a pu me décider à entreprendre une tâche qui a ébranlé mes nerfs
5 pour plusieurs mois à venir et fait revivre cette indicible horreur qui, pendant plusieurs années après ma délivrance, a continué de hanter mes jours et mes nuits, et de me rendre la solitude affreusement insupportable.

Permettez-moi à présent d'ajouter quelques mots au sujet de
10 l'étrange baron Vordenburg, dont le curieux savoir nous permit de découvrir le tombeau de la comtesse Millarca.

Il s'était établi à Gratz où il vivait d'un maigre revenu – tout ce qui lui restait des biens princiers que possédait jadis sa famille en Haute Styrie – et s'était consacré à de minutieuses recherches sur la
15 tradition du vampirisme dont il existe tant de preuves étonnantes.

---

1. À l'époque où se déroule cette histoire, la Styrie fait partie de l'Empire austro-hongrois.

Il avait à sa disposition tous les ouvrages, majeurs et mineurs, traitant ce sujet : *Magia Posthuma*[1], *Phlegon de Mirabilibus*[2], *Augustinus de cura pro Mortuis*[3], *Philosophicae et Christianae Cogitationes de Vampiris*[4], par Jean-Christophe Herenberg ; et
20 mille autres parmi lesquels je me rappelle uniquement un petit nombre de ceux qu'il prêta à mon père. Il possédait un volumineux digest[5] de toutes les affaires judiciaires où des vampires se trouvaient en cause, et il en avait extrait un système des principes qui semblent régir (soit de façon constante, soit de façon for-
25 tuite) la condition de ces monstres. À ce propos, je dois dire que la pâleur mortelle attribuée à ces revenants n'est qu'une fiction mélodramatique. Aussi bien dans la tombe que dans la société des êtres humains, ils offrent l'apparence de la vie et de la santé. Lorsqu'on les expose à la lumière du jour dans leur cercueil, ils
30 présentent ces mêmes symptômes qui prouvèrent que la comtesse de Karnstein était bel et bien un vampire.

   Comment ils quittent leur tombe et y reviennent chaque jour pendant un certain nombre d'heures sans déplacer la terre ni laisser la moindre trace de désordre dans l'état de leur cercueil
35 ou de leur suaire : c'est là un mystère que l'on a toujours tenu pour entièrement inexplicable. Le vampire entretient son existence amphibie[6] grâce à un sommeil quotidien renouvelé dans sa

---

1. Ouvrage publié en 1706 par Ferdinand de Shertz qui relate un certain nombre de faits de vampirisme.

2. Il s'agit du livre *De Mirabilibus* de Phlégon de Thralles (IIᵉ siècle apr. J.-C.), dans lequel apparaît le mythe de la lamie, également appelée «morte amoureuse».

3. Le traité *De cura pro Mortuis gerenda* (littéralement, «Des soins qu'il faut apporter aux morts»), écrit par saint Augustin (354-430) vers 421-422 donne, pour la première fois, une définition chrétienne du culte des morts.

4. Littéralement «Pensées philosophiques et chrétiennes sur les vampires», ouvrage écrit par Jean-Christophe Herenberg en 1733.

5. *Digest* : recueil formé de résumés de textes.

6. *Amphibie* : qui présente une double nature, qui peut vivre dans deux milieux différents.

tombe. Son horrible appétit de sang vivant lui fournit la vigueur
qui lui est nécessaire à l'état de veille. Il est enclin à éprouver, à
40 l'égard de certaines personnes, un attachement violent fort semblable à la passion amoureuse. Dans la poursuite de l'objet de
son désir, il déploiera alors une ruse et une patience inépuisables,
car il peut rencontrer cent obstacles susceptibles de l'empêcher
d'arriver à ses fins. Jamais il ne renoncera à sa poursuite jusqu'à
45 ce qu'il ait assouvi sa passion et bu jusqu'à la dernière goutte le
sang de sa victime convoitée. Dans ces cas-là, il s'applique à faire
durer son plaisir criminel avec tout le raffinement d'un gourmet,
et il en rehaussera la force par une cour habile et progressive.
Il semble alors aspirer à obtenir le consentement et à gagner la
50 sympathie de sa proie, tandis que, d'ordinaire, il va droit au but,
maîtrise sa victime par la violence, et souvent même l'étrangle et
la draine de tout son sang en un seul festin.

Dans certaines circonstances, il semble que le vampire soit
soumis à des conditions particulières. Ainsi, Mircalla, selon toute
55 apparence, était contrainte à porter un nom qui devait reproduire
le sien propre sous forme d'anagramme, sans y ajouter ni en
retrancher une seule lettre. Mircalla devint donc Millarca, puis
Carmilla.

Le baron Vordenburg séjourna au château pendant deux ou
60 trois semaines après l'exécution de Carmilla. Mon père en profita
pour lui relater l'histoire du gentilhomme morave et du vampire
du cimetière de Karnstein. Après quoi, il lui demanda comment
il avait découvert l'emplacement exact du tombeau si longtemps
caché de la comtesse de Karnstein. Les traits grotesques du baron
65 se plissèrent en un sourire mystérieux tandis qu'il tenait son
regard fixé sur son vieil étui à lunettes qu'il ne cessait de tripoter
en souriant. Puis, il leva les yeux et répondit :

«Je possède de nombreux documents de toute sorte rédigés
par cet homme remarquable. Le plus curieux est celui qui relate
70 sa visite à Karnstein. Naturellement, la tradition déforme toujours
un peu les faits. Sans doute avait-il droit au titre de gentilhomme

morave, car il était de naissance noble et avait établi sa résidence en Moravie. Mais, en réalité, il avait vu le jour en Haute Styrie. Je me contenterai de dire à son sujet que, dans sa jeunesse, il avait passionnément aimé la belle Mircalla, comtesse de Karnstein, dont la mort prématurée le plongea dans une affliction inconsolable.

« Je dois mentionner, avant de poursuivre, qu'il est dans la nature des vampires de croître et multiplier selon une loi sinistre dont l'existence ne fait aucun doute. Prenez un territoire parfaitement exempt de ce fléau. Comment le vampire y prend-il naissance et comment se multiplie-t-il ? Je vais vous l'apprendre. Un être plus ou moins corrompu met fin à ses jours : en certaines circonstances, ce suicidé devient un vampire. Ce spectre visite des vivants pendant leur sommeil : ils meurent à leur tour, et, presque invariablement, une fois dans la tombe, ils se métamorphosent en vampires. Tel fut le cas de la belle comtesse Mircalla qui avait été hantée par l'un de ces démons. Mon ancêtre, Vordenburg [1], dont je porte encore le titre, ne tarda pas à découvrir ce fait, et, au cours des études auxquelles il se consacra par la suite, il en apprit bien davantage.

« Entre autres choses, il en vint à conclure que, tôt ou tard, sa Mircalla bien-aimée serait soupçonnée de vampirisme, et il fut horrifié à l'idée que ses restes seraient profanés par une exécution posthume. Il a laissé un curieux écrit où il prouve que le vampire, une fois expulsé de son existence amphibie, se trouve projeté dans une vie beaucoup plus affreuse. C'est pourquoi il résolut d'épargner ce destin à celle qui avait été son idole.

« À cet effet, il adopta le stratagème de ce voyage à Karnstein, où il feignit d'enlever la dépouille de Mircalla et se contenta de

---

1. Ici encore, l'auteur semble avoir oublié de nous informer que le gentilhomme morave était un des ancêtres du baron Vordenburg, et il se rattrape après coup. On peut attribuer ces défaillances successives (celle-ci est la troisième) à l'état mental de Le Fanu qui, à l'époque où il écrivit *Carmilla* – peu après la mort de sa femme – était perpétuellement hanté par d'horribles cauchemars susceptibles d'altérer ses facultés raisonnantes. *[NdT]*

100 cacher l'emplacement de son tombeau. Sur la fin de sa vie, quand
il contempla du haut de son grand âge les scènes qu'il allait laisser derrière lui, son acte lui apparut sous un jour tout différent, et
il fut saisi d'horreur. Alors, il rédigea les notes et traça le plan qui
m'ont guidé jusqu'à l'endroit exact où se trouvait le tombeau ;
105 puis il fit un compte rendu écrit de sa supercherie. En admettant
qu'il ait eu l'intention de faire autre chose, la mort l'en a empê-
ché. Et c'est la main d'un de ses lointains descendants qui, trop
tard pour beaucoup d'infortunés, a guidé les recherches jusqu'à
la tanière du monstre.»

110   Au cours de cette même conversation, le baron Vordenburg
nous dit encore, entre autres choses :

    «Une des caractéristiques du vampire est la force extraordi-
naire de sa main. Les doigts frêles de Mircalla se sont refermés
comme un étau sur le poignet du général quand il a levé la hache
115 pour la frapper. Mais le pouvoir de cette main ne se borne pas
à sa formidable étreinte : elle laisse dans le membre touché une
paralysie qui disparaît très lentement, et même parfois persiste
jusqu'à la mort.»

    Au printemps suivant, mon père m'emmena faire un voyage
120 en Italie qui dura plus d'un an. La terreur engendrée par mon
aventure garda pendant longtemps toute sa force dans mon esprit.
Aujourd'hui encore, l'image de Carmilla me revient en mémoire
sous des aspects divers et estompés. Parfois c'est la belle jeune
fille enjouée et languide ; parfois le démon aux traits convulsés
125 que je vis dans l'église en ruine. Et j'ai bien souvent tressailli, au
cours d'une de mes rêveries, en croyant entendre le pas léger de
Carmilla devant la porte du salon.

DOSSIER

- La « morte amoureuse »

- Monstres au féminin

- La femme vampire au cinéma

La « morte amoureuse »

Carmilla appartient à une famille de personnages pour lesquels amour (*éros*) et mort (*thanatos*) sont intimement liés. Le motif littéraire de la « morte amoureuse » prend des formes diverses, parfois effrayantes, parfois lyriques et sentimentales. Cependant, toutes ces représentations ont en commun de tisser un lien entre l'amour et la survie « irrationnelle » après la mort.

Théophile Gautier, *La Morte amoureuse* (1836)

Dans ce conte fantastique, Théophile Gautier (1811-1872) crée un motif essentiel de la littérature effrayante : celui de la femme morte que l'amour (qu'elle porte à un homme ou qu'un homme lui porte) fait survivre par-delà la mort.

Le jeune Romuald se prépare à devenir prêtre. Le jour même de son ordination, il aperçoit une femme dont la beauté lui coupe le souffle, Clarimonde. Alors qu'il est devenu curé d'une petite paroisse, il est appelé auprès d'une femme mourante qui réclame un prêtre. Il arrive trop tard et découvre le corps de Clarimonde sur son lit. Son directeur de conscience, l'abbé Sérapion, lui apprend peu après que Clarimonde était une femme de plaisir, dangereuse et pécheresse. La morte commence alors à apparaître en rêve à Romuald et, dans un monde onirique, il vit avec elle une intense histoire d'amour. Mais la santé de Clarimonde semble décliner...

Depuis quelque temps la santé de Clarimonde n'était pas aussi bonne ; son teint s'amortissait [1] de jour en jour. Les médecins qu'on fit venir n'entendaient rien à sa maladie, et ils ne savaient qu'y faire. Ils prescrivirent quelques remèdes insignifiants et ne revinrent plus. Cependant elle pâlissait à vue d'œil et devenait de plus en plus froide.

1. *S'amortissait* : ici, perdait de son éclat.

Elle était presque aussi blanche et aussi morte que la fameuse nuit dans le château inconnu. Je me désolais de la voir ainsi lentement dépérir. Elle, touchée de ma douleur, me souriait doucement et tristement avec le sourire fatal des gens qui savent qu'ils vont mourir.

Un matin, j'étais assis auprès de son lit, et je déjeunais sur une petite table pour ne la pas quitter d'une minute. En coupant un fruit, je me fis par hasard au doigt une entaille assez profonde. Le sang partit aussitôt en filets pourpres, et quelques gouttes rejaillirent sur Clarimonde. Ses yeux s'éclairèrent, sa physionomie prit une expression de joie féroce et sauvage que je ne lui avais jamais vue. Elle sauta à bas du lit avec une agilité animale, une agilité de singe ou de chat, et se précipita sur ma blessure qu'elle se mit à sucer avec un air d'indicible [1] volupté. Elle avalait le sang par petites gorgées, lentement et précieusement, comme un gourmet qui savoure un vin de Xérès ou de Syracuse ; elle clignait les yeux à demi, et la pupille de ses prunelles vertes était devenue oblongue [2] au lieu de ronde. De temps à autre elle s'interrompait pour me baiser la main, puis elle recommençait à presser de ses lèvres les lèvres de la plaie pour en faire sortir encore quelques gouttes rouges. Quand elle vit que le sang ne venait plus, elle se releva l'œil humide et brillant, plus rose qu'une aurore de mai, la figure pleine, la main tiède et moite, enfin plus belle que jamais et dans un état parfait de santé.

« Je ne mourrai pas ! je ne mourrai pas ! dit-elle à moitié folle de joie et en se pendant à mon cou ; je pourrai t'aimer encore longtemps. Ma vie est dans la tienne, et tout ce qui est moi vient de toi. Quelques gouttes de ton riche et noble sang, plus précieux et plus efficace que tous les élixirs [3] du monde, m'ont rendu l'existence. »

Cette scène me préoccupa longtemps et m'inspira d'étranges doutes à l'endroit de Clarimonde, et le soir même, lorsque le sommeil m'eut ramené à mon presbytère [4], je vis l'abbé Sérapion plus grave

---

1. *Indicible* : voir note 1, p. 87.
2. *Oblongue* : voir note 1, p. 68.
3. *Élixirs* : breuvages miraculeux, potions ou philtres magiques.
4. *Presbytère* : maison du curé. Ici, Romuald veut dire : lorsque mon réveil m'eut ramené à la vie réelle.

et plus soucieux que jamais. Il me regarda attentivement et me dit :
«Non content de perdre votre âme, vous voulez aussi perdre votre
corps. Infortuné jeune homme, dans quel piège êtes-vous tombé ! »
Le ton dont il me dit ce peu de mots me frappa vivement ; mais, malgré sa vivacité, cette impression fut bientôt dissipée, et mille autres
soins l'effacèrent de mon esprit. Cependant, un soir, je vis dans ma
glace, dont elle n'avait pas calculé la perfide position, Clarimonde [1]
qui versait une poudre dans la coupe de vin épicé qu'elle avait coutume de préparer après le repas. Je pris la coupe, je feignis d'y porter
mes lèvres, et je la posai sur quelque meuble comme pour l'achever
plus tard à mon loisir, et, profitant d'un instant où la belle avait le
dos tourné, j'en jetai le contenu sous la table ; après quoi je me retirai
dans ma chambre et je me couchai, bien déterminé à ne pas dormir
et à voir ce que tout cela deviendrait. Je n'attendis pas longtemps ;
Clarimonde entra en robe de nuit, et, s'étant débarrassée de ses voi-
les, s'allongea dans le lit auprès de moi. Quand elle se fut bien assu-
rée que je dormais, elle découvrit mon bras et tira une épingle d'or
de sa tête ; puis elle se mit à murmurer à voix basse :

«Une goutte, rien qu'une petite goutte rouge, un rubis au bout
de mon aiguille !... Puisque tu m'aimes encore, il ne faut pas que je
meure... Ah ! pauvre amour, ton beau sang d'une couleur pourpre
si éclatante, je vais le boire. Dors, mon seul bien ; dors, mon dieu,
mon enfant ; je ne te ferai pas de mal, je ne prendrai de ta vie que ce
qu'il faudra pour ne pas laisser éteindre la mienne. Si je ne t'aimais
pas tant, je pourrais me résoudre à avoir d'autres amants dont je
tarirais les veines ; mais depuis que je te connais, j'ai tout le monde
en horreur... Ah ! le beau bras ! comme il est rond ! comme il est
blanc ! Je n'oserai jamais piquer cette jolie veine bleue.» Et, tout en
disant cela, elle pleurait, et je sentais pleuvoir ses larmes sur mon
bras qu'elle tenait entre ses mains. Enfin elle se décida, me fit une
petite piqûre avec son aiguille et se mit à pomper le sang qui en
coulait. Quoiqu'elle en eût bu à peine quelques gouttes, la crainte de

---

1. Ici, le narrateur évoque de nouveau le palais vénitien où il vit, la nuit, avec
Clarimonde. Gautier atténue de plus en plus la limite entre rêve et réalité pour
que la confusion s'installe dans l'esprit du lecteur.

m'épuiser la prenant, elle m'entoura avec soin le bras d'une petite bandelette après avoir frotté la plaie d'un onguent[1] qui la cicatrisa sur-le-champ.

> *La Morte amoureuse, La Cafetière*
> *et autres nouvelles*, GF-Flammarion,
> «Étonnants Classiques», 1995.

1. En quoi le discours de Clarimonde, à la fin du passage, est-il paradoxal ? Quelle lutte intérieure ce discours direct traduit-il ?

2. Relevez le vocabulaire du plaisir puis celui de la blessure. En quoi la présence de ces deux réseaux lexicaux est-elle effrayante pour le lecteur ? Soulignez le lien établi entre la mort de Clarimonde et l'amour qu'elle porte à Romuald.

3. « Ses yeux s'éclairèrent, sa physionomie prit une expression de joie féroce et sauvage que je ne lui avais jamais vue » ; « Elle clignait les yeux à demi, et la pupille de ses prunelles vertes était devenue oblongue au lieu de ronde » : à partir de ces deux citations, qualifiez l'image que Gautier donne de son personnage. À quoi compare-t-il Clarimonde ?

Joseph Sheridan Le Fanu, *Carmilla* (1873)

Relisez le chapitre IV, de « Elle avait coutume de me passer ses beaux bras autour du cou » à « me laissait toute tremblante » (p. 60-62), puis répondez aux questions suivantes.

1. En quoi les émotions de la narratrice sont-elles, de son propre aveu, paradoxales ? Relevez les antithèses dans le texte.

2. Carmilla, comme la narratrice, semble assimiler amour et vampirisme : repérez comment fonctionne cette association. Quel destin Carmilla semble-t-elle réserver à Laura ?

---

1. Onguent : sorte de pommade aux vertus soignantes.

Stéphane Mallarmé, « Sonnet » (1877)

Le texte du poète symboliste Stéphane Mallarmé (1842-1898) constitue probablement un hommage à la femme de l'égyptologue Maspero [1], morte en 1875 et dont il était l'ami. Dans ce poème, l'épouse défunte semble s'adresser directement à son veuf et lui demande de ne pas encombrer sa pierre tombale de trop de fleurs pour qu'elle puisse, parfois, lui rendre visite...

Sonnet

2 novembre 1877

– « Sur les bois oubliés quand passe l'hiver sombre,
Tu te plains, ô captif solitaire du seuil,
Que ce sépulcre à deux qui fera notre orgueil
Hélas ! du manque seul des lourds bouquets s'encombre.

Sans écouter Minuit qui jeta son vain nombre,
Une veille t'exalte à ne pas fermer l'œil
Avant que dans les bras de l'ancien fauteuil
Le suprême tison n'ait éclairé mon Ombre.

Qui veut souvent avoir la Visite ne doit
Par trop de fleurs charger la pierre que mon doigt
Soulève avec l'ennui d'une force défunte.

Âme au si clair foyer tremblante de m'asseoir,
Pour revivre il suffit qu'à tes lèvres j'emprunte
Le souffle de mon nom murmuré tout un soir. »

(Pour votre chère morte,
son ami.)

Poésies, GF-Flammarion, 1989.

---

1. *Gaston Maspero* (1846-1916) : égyptologue français, auteur notamment de *L'Archéologie égyptienne* (1887) et de l'*Histoire ancienne des peuples d'Orient* (1894-1899).

1. Comment le poète indique-t-il que c'est l'épouse qui parle ? Étudiez les marques de l'énonciation, ainsi que celles du discours rapporté.

2. Relevez les majuscules (à l'exception de celles des débuts de vers) : que nous indiquent-elles sur le phénomène que décrit et annonce le poème ?

3. Essayez de décoder le message que Mallarmé envoie à son ami : que lui conseille-t-il ? Selon lui, qu'est-ce qui importe dans l'hommage que l'on rend aux défunts ?

Villiers de L'Isle-Adam, *Véra*, *Contes cruels* (1883)

Le comte d'Athol, élégant aristocrate de trente-cinq ans vivant dans le faubourg Saint-Germain à Paris [1], vient de perdre sa femme adorée, Véra. Incapable de supporter ce deuil, il essaie, nuit après nuit, de retrouver la sensation de la présence de celle qu'il aimait, sous le regard respectueux d'un vieux domestique, Raymond.

Il s'agissait de créer un mirage terrible.

La gêne des premiers jours s'effaça vite. Raymond, d'abord avec stupeur, puis par une sorte de déférence [2] et de tendresse s'était ingénié si bien à être naturel, que trois semaines ne s'étaient pas écoulées qu'il se sentit, par moments, presque dupe lui-même de sa bonne volonté. L'arrière-pensée pâlissait ! Parfois, éprouvant une sorte de vertige, il eut besoin de se dire que la comtesse était positivement défunte. Il se prenait à ce jeu funèbre et oubliait à chaque instant la réalité. Bientôt il lui fallut plus d'une réflexion pour se convaincre et se ressaisir. Il vit bien qu'il finirait par s'abandonner tout entier au magnétisme effrayant dont le comte pénétrait peu à peu l'atmosphère autour d'eux. Il avait peur, une peur indécise, douce.

---

1. Au XIXe siècle, le faubourg Saint-Germain était le quartier où l'aristocratie la plus ancienne et la plus élitiste avait ses hôtels particuliers.
2. *Déférence* : respect.

D'Athol, en effet, vivait absolument dans l'inconscience de la mort de sa bien-aimée ! Il ne pouvait que la trouver toujours présente, tant la forme de la jeune femme était mêlée à la sienne. Tantôt, sur un banc du jardin, les jours de soleil, il lisait, à haute voix, les poésies qu'elle aimait ; tantôt le soir auprès du feu, les deux tasses de thé sur un guéridon, il causait avec l'*Illusion* souriante, assise, à ses yeux, sur l'autre fauteuil.

Les jours, les nuits, les semaines s'envolèrent. Ni l'un ni l'autre ne savait ce qu'ils accomplissaient. Et des phénomènes singuliers se passaient maintenant, où il devenait difficile de distinguer le point où l'imaginaire et le réel étaient identiques. Une présence flottait dans l'air : une forme s'efforçait de transparaître, de se tramer sur l'espace devenu indéfinissable.

D'Athol vivait double, en illuminé. Un visage doux et pâle, entrevu comme l'éclair, entre deux clins d'yeux ; un faible accord frappé au piano, tout à coup ; un baiser qui lui fermait la bouche au moment où il allait parler, des affinités de pensées *féminines* qui s'éveillaient en lui en réponse à ce qu'il disait, un dédoublement de lui-même tel, qu'il sentait, comme en un brouillard fluide, le parfum vertigineusement doux de sa bien-aimée auprès de lui, et, la nuit, entre la veille et le sommeil, des paroles entendues très bas : tout l'avertissait. C'était une négation de la Mort élevée, enfin, à une puissance inconnue !

Une fois, d'Athol la sentit et la vit si bien auprès de lui, qu'il la prit dans ses bras : mais ce mouvement la dissipa.

« Enfant ! » murmura-t-il en souriant.

Et il se rendormit comme un amant boudé par sa maîtresse rieuse et ensommeillée.

Le jour de *sa* fête, il plaça, par plaisanterie, une immortelle [1] dans le bouquet qu'il jeta sur l'oreiller de Véra.

« Puisqu'elle se croit morte », dit-il.

Grâce à la profonde et toute-puissante volonté de M. d'Athol, qui, à force d'amour, forgeait la vie et la présence de sa femme dans

---

1. Immortelle : fleur de la plante du même nom, souvent de couleur jaune.

l'hôtel solitaire, cette existence avait fini par devenir d'un charme sombre et persuadeur. Raymond, lui-même, n'éprouvait plus aucune épouvante, s'étant graduellement habitué à ces impressions.

Une robe de velours noir aperçue au détour d'une allée ; une voix rieuse qui l'appelait dans le salon ; un coup de sonnette le matin, à son réveil, comme autrefois, tout cela lui était devenu familier : on eût dit que la morte jouait à l'invisible, comme une enfant. Elle se sentait aimée tellement ! C'était bien *naturel*.

Véra et autres nouvelles fantastiques,
GF-Flammarion, « Étonnants Classiques », 2002.

1. Montrez comment le texte passe de l'évocation d'un esprit troublé à la présence fantastique de la comtesse. Quel est le rôle du domestique dans cette transformation ?

2. Étudiez les deux dernières phrases du texte. Quel lien de cause à effet le narrateur tisse-t-il ? Pourquoi souligne-t-il le mot « naturel » ?

Monstres au féminin

Sous ses apparences de jeune fille pure, Carmilla cache un vampire, un monstre particulièrement dangereux. Les monstres féminins sont nombreux dans la littérature, et leurs formes, fonctions et attributs divers. Femme-serpent du Moyen Âge, Mélusine éveille la pitié de son entourage et du lecteur ; dans *Dracula*, Lucy, devenue vampire assoiffé de sang, suscite à la fois terreur et pitié. Mais la monstruosité n'est pas le seul fait de créatures hideuses et fantastiques ; elle est parfois très humaine : nul besoin d'être une figure d'épouvante pour donner la chair de poule...

Jean d'Arras, *Mélusine* (1392)

Triste histoire que celle de Mélusine, fille de roi ensorcelée qui tous les samedis se transforme en un être moitié serpent moitié femme. Elle épouse un jeune et beau seigneur, Raymond – condition à laquelle elle pourra mourir en femme « naturelle » –, et lui fait promettre de ne pas essayer de la voir le samedi. En échange de cette parole, elle bâtit ville et châteaux pour son époux. Elle lui donne dix fils, qui portent chacun sur le visage une tare différente, marque de l'atavisme [1] maternel. Trop curieux et sous l'influence de son frère, Raymond enfreint sa promesse et espionne sa femme un samedi. Mélusine doit alors quitter définitivement sa famille et son château.

Alors, poussant une plainte douloureuse et un terrible soupir, elle s'élança dans les airs, s'éloigna de la fenêtre, traversa le verger et se transforma en une énorme serpente, longue de près de cinq mètres. Apprenez que le rebord de la fenêtre par laquelle elle passa y est toujours, et que la trace de son pied s'y trouve gravée.

Il fallait voir le chagrin de toute la noblesse. Les dames et les demoiselles qui avaient été à son service, et Raymond plus que tout autre, laissaient éclater une extraordinaire douleur, un amer chagrin. Ils se précipitèrent tous aux fenêtres pour voir quel chemin elle prendrait. Alors la dame, sous sa forme de serpente, comme je viens de le dire, fit trois fois le tour de la forteresse, et chaque fois qu'elle passait devant la fenêtre elle lançait un cri si étrange et si douloureux que tous pleuraient de compassion. On sentait bien que c'était contre son gré, contrainte et forcée, qu'elle s'en allait. Puis elle pris la direction de Lusignan [2], dans un tel bruissement, un tel tapage, qu'il semblait, partout où elle passait, que c'était la foudre et la tempête qui allaient s'abattre.

---

1. *Atavisme* : ici, hérédité.
2. *Lusignan* : château fort médiéval d'une taille colossale dont la légende dit qu'il fut construit par Mélusine pour son mari Raymond. Le château fut bombardé au canon, pris et détruit en 1574. Il fut définitivement rasé par le comte de Blossac au XIXe siècle (la commune de Lusignan est aujourd'hui située dans la Vienne).

Mélusine s'en allait, comme je vous l'ai dit, sous sa forme de serpente, vers Lusignan, volant dans les airs pas trop haut, si bien que les gens du pays la virent bien et l'entendirent mieux encore, car elle manifestait tant de douleur et faisait un tel tapage que c'était horrible à entendre et à voir. Les habitants du pays en étaient frappés de stupeur. Et elle s'en alla ainsi jusqu'à Lusignan, elle en fit trois fois le tour, poussant des cris déchirants, et se lamentant avec une voix de femme ; les habitants de la forteresse et ceux de la ville étaient fort intrigués et ne savaient que penser ; ils voyaient la forme d'une serpente et pourtant c'était la voix d'une femme qui en sortait.

Mélusine, trad. Michèle Perret, © Stock, 1991.

1. Quels autres personnages littéraires à la fois monstrueux et dignes de pitié connaissez-vous ? Quels points communs et quelles différences repérez-vous entre ces personnages et Mélusine ?

2. Identifiez le vocabulaire de la compassion et les expressions traduisant le caractère exceptionnel du monstre. Quel paradoxe ces deux relevés soulignent-ils ? Pourquoi peut-on dire que Mélusine est un être « hybride » ?

Joseph Sheridan Le Fanu, *Carmilla* (1873)

Relisez le chapitre VI, de « Les précautions dont s'entourent les gens nerveux » à « plus morte que vive, jusqu'au matin » (p. 80-82), puis répondez aux questions suivantes.

1. En quoi l'animal dont Carmilla a pris la forme est-il visiblement un être surnaturel et dangereux ? Dans une encyclopédie, recherchez la symbolique traditionnellement associée au chat et reliez-la au personnage de Carmilla.

2. Quels éléments sont susceptibles de faire croire à la narratrice et au lecteur qu'il s'agit d'un rêve ? Pourquoi le passage demeure-t-il effrayant cependant ?

Bram Stoker, *Dracula* (1897)

Inspiré de *Carmilla*, le roman de Bram Stoker est une œuvre majeure de la littérature vampirique.

Dans le passage qui suit, le jeune notaire anglais Jonathan Harker est revenu de Transylvanie, où il est allé rencontrer un client, le comte Dracula, qui l'a retenu prisonnier.

À cet endroit du récit, sa jeune épouse, Mina, apprend la mort de sa meilleure amie, Lucy Westenra. Le professeur Van Helsing, célèbre médecin et biologiste qui a visité la jeune femme peu avant sa mort, soupçonne que son décès est l'œuvre d'un être vampirique. Accompagné d'Arthur (le fiancé de la défunte), et de deux amis de ce dernier, Quincey Morris et le docteur Seward, il se rend dans le tombeau de la jeune femme pour en avoir la confirmation. Dans l'extrait qui suit, le narrateur est le docteur Seward.

Une fois encore, une longue période de silence s'épaissit, un vide énorme, douloureux. Puis, soudain, le professeur qui nous lance un sifflement discret et qui désigne quelque chose du doigt. Assez loin, dans l'avenue bordée d'ifs, nous distinguâmes une silhouette blanche qui s'avançait – une frêle silhouette blanche qui tenait quelque chose de sombre sur sa poitrine. La silhouette s'arrêta un moment et, comme un rayon de lune tombait entre les masses des nuages, nous pûmes distinguer une femme aux cheveux sombres et vêtue de son suaire [1]. Son visage, nous ne pouvions le reconnaître, car il était penché vers ce que la femme portait – en l'occurrence, comme nous le découvrîmes bientôt, un jeune enfant blond. Il y eut un silence, puis un petit cri, comme en poussent les jeunes enfants dans leur sommeil ou les chiens qui rêvent devant le feu. Nous allions nous élancer mais un geste du professeur, que nous ne quittions pas des yeux, nous retint. Nous continuâmes à regarder la silhouette blanche qui s'avançait. Elle était à présent assez proche pour que nous la distinguions dans la lueur de la lune qui ne diminuait pas. Je crois

---

1. *Suaire* : voir note 1, p. 120.

que mon cœur se gela en une seconde. En même temps, j'entendis le cri étouffé d'Arthur qui, lui aussi, découvrait Lucy Westenra. Lucy Westenra, sans doute, mais combien différente de la Lucy vivante ! La douceur de ses traits était devenue une expression de cruauté sadique, et sa pureté une expression de désir voluptueux. Van Helsing s'avança alors, et nous, obéissant à son geste, nous avançâmes nous aussi. Nous fîmes haie devant la porte du tombeau. Van Helsing leva sa lanterne dont il remonta le fermoir, éclairant Lucy de face. Les lèvres étaient cramoisies de sang frais qui, d'ailleurs, avait coulé le long de son menton et souillé son suaire immaculé.

Nous frémîmes, tous. À la lueur tremblotante de la lanterne, je compris que Van Helsing en personne perdait presque le contrôle de lui-même et de ses nerfs d'acier. Si je n'avais pas retenu Arthur par le bras, il se serait sans doute effondré.

Lorsque Lucy (faute de mieux, et puisqu'elle possédait sa silhouette, j'appelle ainsi la forme qui se tenait devant nous) nous vit, elle recula, avec un grognement furieux, comme une chatte surprise dans ses activités. Puis elle nous regarda. C'étaient bien les yeux de Lucy, la forme, la couleur. Mais derrière eux brûlaient les feux de l'enfer, et non la pure flamme que nous avions connue. En une seconde, ce qui restait d'amour se transforma en haine et en mépris – s'il avait fallu l'abattre, en ce moment précis, j'aurais accompli le geste avec un délice sadique. Elle continua à nous regarder. Les yeux brillaient de plus en plus d'une lueur perverse, et le visage brilla d'un sourire voluptueux. Oh Dieu ! Que cette vision avait le pouvoir de faire trembler ! D'un mouvement violent, aussi impitoyable qu'une diablesse, elle jeta sur le sol l'enfant qu'elle avait tenu serré contre sa poitrine. Le grognement qui accompagna son geste me rappela le chien obligé de lâcher un os qu'il voudrait encore ronger ! L'enfant poussa un cri et resta par terre à gémir doucement. Le sang-froid avec lequel Lucy avait accompli son geste arracha un gémissement à Arthur et, lorsqu'elle s'avança vers lui, bras ouverts, souriant toujours du même sourire pervers, il se recula et enfouit son visage dans ses mains. Avec une grâce voluptueuse, elle lui dit :

«Venez, Arthur, mon chéri! Laissez les autres et venez avec moi! Mes bras ont envie de vous. Venez, que nous reposions l'un près de l'autre. Venez, mon époux, venez!»

La voix, les mots avaient quelque chose de diabolique, dans leur douceur – quelque chose qui ressemblait aux verres que l'on tinte et qui résonnait dans nos cerveaux à tous, même si les mots ne nous étaient pas adressés. Arthur, lui, paraissait envoûté. Il laissa tomber les bras qui lui protégeaient le visage et les ouvrit. Elle allait s'y réfugier quand Van Helsing s'interposa, tendant son petit crucifix à bout de bras. Elle recula, comme brûlée, et le visage passa de la sensualité bestiale à la rage la plus effroyable. D'un bond, elle passa entre nous et courut vers la tombe.

Dracula, trad. Jacques Finné,
© Librairie des Champs-Élysées, 1991.

1. Selon vous, en quoi le vampire qu'est devenue Lucy est-il particulièrement dangereux?

2. Étudiez la modalisation : en quoi la ponctuation du passage traduit-elle les émotions du narrateur comme celles du lecteur? L'auteur délègue la narration à un témoin direct. Quel avantage en tire-t-il?

3. Le docteur Seward emploie deux comparaisons pour définir l'impression que crée sur lui le vampire : qu'est-ce qui les rapproche? En quoi ces comparaisons ont-elles pu être choquantes pour le public de l'époque?

Jules Barbey d'Aurevilly, « Les Dessous de cartes d'une partie de whist », *Les Diaboliques* (1874)

Dans cette nouvelle, Barbey d'Aurevilly met en scène deux personnages insondables, inquiétants et fascinants qui semblent avoir une liaison et être capables de bien des crimes : l'Écossais Marmor de Karkoël et la comtesse du Tremblay de Stasseville, veuve de quarante ans soupçonnée, à la fin du récit, d'avoir empoisonné sa propre fille et dont l'extrait offre le portrait. Les deux personnages se retrouvent à la même table de whist, jeu de cartes qui est l'ancêtre du bridge.

«Elle aurait pu, comme lord Byron[1], parcourir le monde avec une bibliothèque, une cuisine et une volière dans sa voiture, mais elle n'en avait pas eu la moindre envie. Elle était mieux qu'indolente[2]; elle était indifférente; aussi indifférente que Marmor de Karkoël quand il jouait au whist. Seulement, Marmor n'était pas indifférent au whist même, et dans sa vie, à elle, il n'y avait point de whist : tout était égal! C'était une nature stagnante, une espèce de *femme-dandy*, auraient dit les Anglais. Hors l'épigramme[3], elle n'existait qu'à l'état de larve élégante. "Elle est de la race des animaux à sang blanc", répétait son médecin dans le tuyau de l'oreille, croyant l'expliquer par une image, comme on expliquerait une maladie par un symptôme. Quoiqu'elle eût l'air malade, le médecin dépaysé[4] niait la maladie. Était-ce haute discrétion? ou bien réellement ne la voyait-il pas? Jamais elle ne se plaignait ni de son corps ni de son âme. Elle n'avait pas même cette ombre presque physique de mélancolie, étendue d'ordinaire sur le front meurtri des femmes qui ont quarante ans. Ses jours se détachaient d'elle et ne s'en arrachaient pas. Elle les voyait tomber de ce regard d'Ondine[5], glauque[6] et moqueur, dont elle regardait toutes choses. Elle semblait mentir à sa réputation de femme spirituelle, en ne nuançant sa conduite d'aucune de ces manières d'être personnelles, appelées des excentricités. Elle faisait naturellement, simplement, tout ce que faisaient les autres femmes dans sa société, et ni plus ni moins. Elle voulait prouver que l'égalité, cette chimère des vilains[7],

---

1. Voir note 2, p. 13.
2. *Indolente* : nonchalante.
3. *Épigramme* : bon mot, plaisanterie.
4. *Dépaysé* : ici, qui ne reconnaîtrait pas les symptômes d'un mal dont il serait familier.
5. *Ondine* : divinité des eaux dans la mythologie germanique.
6. *Glauque :* d'un vert trouble.
7. *Vilains :* paysans (péjoratif).

n'existe vraiment qu'entre nobles. [...] Comme les autres femmes de sa caste, qu'elle était trop aristocratique pour vouloir primer[1], la comtesse remplissait ses devoirs extérieurs de religion et de monde avec une exacte sobriété, qui est la convenance suprême dans ce monde où tous les enthousiasmes sont sévèrement défendus. Elle ne restait pas en deçà ni n'allait au-delà de sa société. Avait-elle accepté en se domptant la vie monotone de cette ville de province où s'était tari ce qui lui restait de jeunesse, comme une eau dormante sous des nénuphars ? Ses motifs pour agir, motifs de raison, de conscience, d'instinct, de réflexion, de tempérament, de goût, tous ces flambeaux intérieurs qui jettent leur lumière sur nos actes, ne projetaient pas de lueurs sur les siens. Rien du dedans n'éclairait les dehors de cette femme. Rien du dehors ne se répercutait au-dedans ! Fatigués d'avoir guetté si longtemps sans rien voir dans Mme de Stasseville, les gens de province, qui ont pourtant une patience de prisonnier ou de pêcheur à la ligne, quand ils veulent découvrir quelque chose, avaient fini par abandonner ce casse-tête, comme on jette derrière un coffre un manuscrit qu'il aurait été impossible de déchiffrer. »

Les Diaboliques, GF-Flammarion, 1967.

1. Rien n'est dit de la possible monstruosité de la comtesse mais elle apparaît tout de même comme un personnage inquiétant. Pourquoi ?

2. Rapprochez la comtesse de Carmilla : quelle dimension de leur caractère fascine le plus ceux qui les entourent ? Cherchez dans *Carmilla* des citations qui pourraient s'appliquer à la comtesse (dans le chapitre IV notamment).

---

1. *Primer* : dominer.

La femme vampire au cinéma

© Christophel

■ *Dracula* de Francis Ford Coppola (1992).
Dans son adaptation du roman de Bram Stoker *Dracula*, le réalisateur américain accorde une attention particulière au «couple» formé par les deux amies Mina et Lucy. Cette dernière, victime du comte Dracula, deviendra à son tour vampire. Les deux jeunes femmes rappellent Laura et Carmilla, les personnages de Le Fanu. Voir aussi p. 147.

© Christophel

■ *Et mourir de plaisir* de Roger Vadim (1960).
Cette libre adaptation de *Carmilla* par le réalisateur français transpose l'action du roman de Le Fanu dans l'Italie du XXᵉ siècle. Sur cette photo, on note la troublante ressemblance entre les deux personnages féminins...

■ *Les Prédateurs / The Hunger*, de Tony Scott (1983).
Dans son film, le réalisateur britannique offre une image moderne de la femme vampire, interprétée par Catherine Deneuve, tout en conservant la dimension fascinante, sensuelle et aristocratique attribuée par Le Fanu au monstre féminin.

■ *The Vampire Lovers* de Roy Ward Baker (1970).
Présentée comme une adaptation du roman de Le Fanu, cette réalisation britannique est caractéristique des films de la firme Hammer Horror qui mêlent, sans subtilité excessive, épouvante et érotisme discret. À gauche, Ingrid Pitt (Carmilla), suivie de Madeline Smith (Laura dans le roman). Voir aussi présentation, p. 18.

Les classiques et les contemporains
dans la même collection

Les anthologies dans la même collection

Création maquette intérieure :
Sarbacane Design.

Composition : In Folio.

Achevé d'imprimer par Dupli-Print (95)
en octobre 2016
N° d'impression : 2016093940

N° d'édition : L.01EHRN000104.C002
Dépôt légal : août 2007

Imprimé en France